여름밤 해변의 무무 씨

조해진 소설

그리고 소설가 조해진의 수요일

다소 시리즈 001

여름밤 해변의 무무 씨

초판 1쇄 발행	2025. 09. 03.
초판 3쇄 발행	2025. 10. 20.
초판 3쇄 완독	

지은이	조해진
읽은이	

펴낸이 김선식 · 부사장 김은영 · 책임편집 곽수빈 · 디자인 이현진 · 콘텐츠사업6팀장 임경섭 · 콘텐츠사업6팀 조용우 이한민 이현진 · 마케팅1팀 오서영 권오권 문서희 · 미디어홍보본부장 정명찬 · 브랜드홍보팀 오수미 서가을 김은지 이소영 박장미 박주현 · 채널홍보팀 김민정 정세림 고나연 변승주 홍수경 · 영상홍보팀 이수인 염아라 김혜원 이지연 · 편집관리팀 조세현 김호주 백설희 · 저작권팀 성민경 이슬 윤제희 · 재무관리팀 하미선 임혜정 이슬기 김주영 오지수 · 인사총무팀 강미숙 이정환 김혜진 황종원 · 제작관리팀 이소현 김소영 김진경 이지우 황인우 유미애 · 물류관리팀 김형기 김선진 주정훈 양문현 채원석 박재연 이준희 이민운 · 외주스태프(마케팅) 전효선

펴낸곳 다산북스 · 출판등록 2005년 12월 23일 제313-2005-00277호 · 주소 경기도 파주시 회동길 490 · 전화 02-704-1724 · 팩스 02-703-2219 · 이메일 dasanbooks@dasanbooks.com · 홈페이지 www.dasan.group · 블로그 blog.naver.com/dasan_books
용지 스마일몬스터 · 인쇄 민언프린텍 · 코팅 및 후가공 평창피앤지 · 제본 국일문화사

ISBN 979-11-306-6980-9 (03810)

· 파본은 구입하신 서점에서 교환해 드립니다.
· 이 책은 저작권법에 의하여 보호를 받는 저작물이므로 무단 전재와 복제를 금합니다.

차례

여름밤 해변의 무무 씨   005

소설가 조해진의 수요일   133

소설가의 책상   169

김은희

수연 씨는 어디쯤 왔을까.

럭키타운으로부터 3.2킬로미터 떨어진 이곳 요양병원의 병실 침대에 앉아 나는 상상하고 있다. 수연 씨가 한 손으로 슈트 케이스를 끌며 북경과 리스본 사이를, 혹은 나란히 연이어진 삿포로와 바릴로체를 무심히 지나가는 모습 말이다. 아니, 수연 씨는 이미 그 모든 곳을 거쳐

지금은 뉴욕과 피닉스 사이의 캄차카반도에 잠시 머물러 있을 수도 있다. 수연 씨도 캄차카반도를 알까. 야생 곰의 서식지, 태평양과 오호츠크해가 섞이는 접점이자 언제라도 대지진이 발생할 수 있는 불의 고리에 위치한 곳, 화산과 만년설이 공존하는 땅……. 국경은 무용하고 거리 감각은 완전히 무시되는 그 여정이 적어도 내게는 이상하지 않다. 홍제동의 그 버스 정류장에서 럭키타운까지 이어지는 길이란 그런 의미니까. 아시아와 유럽, 아메리카가 뒤섞여 있는 길, 그곳에선 미국의 도시를 지나가자마자 러시아의 극동 지역인 캄차카반도가 불쑥 나타나기도 하는 것이다.

나는 수없이 많이 그곳을 오갔다.

차도를 중심으로 양편 인도에 있는 북경반점과 리스본 호프, 삿포로 라멘과 바릴로체 카페를 하루에도 몇 번씩 지나갔고 럭키타운으로 향하는 오르막길에선 띄엄띄엄 떨어져 있는 뉴욕 맨션과 캄차카 모텔, 피닉스 고시원을 눈에 담곤 했다. 만약 수연 씨가 럭키타운 근처까지 간 뒤 소나무 약국을 끼고 오른쪽 길로 접어든다면 그 동네에서 내가 가장 좋아하는 공간도 발견하게 되리라. 색 바랜 매물 전단지가 덕지덕지 붙어 있는 중개사무소와 폐업한 분식집 가운데서 밤과 새벽에도 사각형의 빛 조각을 끌어안은 채 홀로 어둠을 밀어내는 곳……

워시토피아, 그곳은 무무 씨와 나만의 작은 해변이기도 했다.

무무 씨는 말했다.

그곳의 창가 쪽에 마련된 스툴에 앉아 있노라면 등 뒤에서 들려오는 세탁기와 건조기의 기계음이 파도 소리처럼 들릴 때가 있다고, 그럴 때 통창 너머로 휴대전화를 들여다보며 지나가는 밤의 행인들은 저마다의 등 하나씩을 켠 채

항해하는 작은 어선처럼 보이기도 한다고. 무무 씨가 24시간 무인 빨래방인 워시토피아를 우리의 해변으로 삼자고 말한 건 우리가 만난 지 1년째 되던 날이었다.

빨래방 한쪽에 설치된 음료 제조 자판기를 이용하면 싼 가격에 커피나 차를 마실 수 있는데다 오래 앉아 있어도 눈치 주는 사람이 없고, 여름엔 시원하고 겨울엔 따뜻하며 새벽에도 불을 밝히는 안전한 그곳에서 무무 씨와 나는 만나곤 했다. 무무 씨의 아들이 럭키타운 402호를 방문한 밤에 주로, 우리 둘 다 한동안 일을 하지 못해 주머니가 가벼운 시기엔 더 자주. 나란히 스툴에 앉아 망상과 금능과 월정리, 니스와 샌타모니카, 피피와 와이키키, 마음 내키는 대로 그곳에 이름을 붙인 뒤 암호를 나눠 가진 조직원인 양 키득거리기도 했다. 웃음소리가 커지지 않도록 두 손으로 입을 막은 채, 누가 봐도 젊지 않은 우리가 빨랫감도 없이 무인 빨래방을 차지하고 있는 것 자체가 남루하거나 뻔뻔하게 보일 수 있다는 것을 모르지 않았으니까. 가끔은 빨래방 어딘가에 떨어진 신용카드나 동전 같은 걸 열심히 찾아 한쪽에 마련된 분실물 바구니에 넣어두기도 했는데—빨래방엔 폐쇄회로 카메라가 있었고 우리는 늘 그것을 의식할 수밖에 없었다—, 수상한 사람이라는 오해를 차단하기 위한 우리 나름의 노력이었다.

너무도 작았던 우리의 배포…….

럭키타운 근처의 해외 지명 간판들을 올려다보며 그곳에서의 휴가를 상상하던 무무 씨와 나의 소박한 취미를 아무에게도 발설하지 못했듯이.

수연 씨와 럭키타운 402호를 연결한 사람은 연구소의 후배인 동준 씨였다.

수연 씨와는 두세 번 통화를 나누긴 했지만

만난 적은 없다. 우리의 동선이 겹치지 않도록 수연 씨가 럭키타운 402호에 머무는 기간에 맞춰 요양병원의 입소와 퇴소 날짜를 조정해 놓았으니, 앞으로도 우리는 만나지 않으려 한다면 만나지 않을 수 있을 터였다.

항암 치료를 시작하고 얼마 안 되어 화장실에서 넘어진 적이 있었다.

갑작스러운 가슴 통증과 어지럼증으로 중심을 잃고 넘어진 건 항암 치료 부작용 때문이었을 테지만, 넘어진 상태로 몸을 일으키지 못한 이유라면 제때 식사를 챙겨 먹지 못한 날이 많아 체력이 바닥난 탓이었을 것이다. 축축하고 차가운 데다 그리 청결하지도 않은 화장실 타일에 자포자기한 채 팔을 베고 눕자 그 상태로 고요히 소멸하고 싶다는 욕망이 가슴속에서 스멀스멀 번져갔다. 그 순간엔 그보다 당연한 순리는 없다는 생각마저 들었다. 그 밤, 어서 일어나 그곳에서 걸어 나오라는 듯 서럽게 울어주던 화장실 문밖의 고양이들마저 없었다면 나는 그 상태로 잠들어 버렸을지도 모르겠다.

어쩌면, 영원히.

아직 일곱 번의 항암 치료가 남아 있던 때였고, 치료 간격은 3주였다. 그러니까 5개월 정도의 치료 기간 동안 내게는 약을 챙겨주고 영양 균형을 갖춘 식사를 제공해 줄 수 있는, 갑자기 쓰러지거나 기절하는 돌발 상황이 생겼을 때는 응급처치를 한 뒤 구급차를 불러줄 수도 있는 누군가가 필요했다. 간병인을 고용할 처지는 아니었다. 암 진단 보험금과 금희 님—그녀는 사립대학의 여성학과 교수로, 우리 연구소 구성원 중에서 유일하게 정규직이었다—이 보태준 돈이 없었다면 치료비조차 감당하지 못했을 것이다. 친구나 동료에게 돌봄을 요청할 수도 없었다. 일시적인 도움은 가능할지 몰라도 주기적으로, 그리고 지속적으로 이어지는 돌봄은 서로에게 끝내 짐으로 남게 될 터였다. 포항에 사는 어머니를 부를 생각은 아예 하지도 않았다. 어머니에게 또다시 암에 걸렸다는 걸 알리고 싶지 않았고—그럴 수는 없었다—, 더욱이 어머니는 이제 혼자 힘으로 걷는 것도 벅차하는 팔십대 노인이었다.

비교적 저렴한 요양병원에 몸을 의탁한 채 3주에 한 번씩 대학병원으로 치료를 받으러 다니는 것이 가장 나은 방법이라는 결론에 이르긴 했지만, 문제는 고양이들이었다. 고양이들을 알뜰히 보살펴 주는 사람이 있어야 나도 마음 편히 요양병원에 들어갈 수 있을 테니까. 그런 내 처지는 곧 연구소 사람들에게 공유됐고, 그러던 중 동준 씨가 적임자를 찾았다며 5월 말의 어느 날 전화를 해온 것이다.

"세무사무소에서 일하던 제 친군데요, 인권

센터로 몇몇 활동가들 종합소득세 신고하는 거 도와주러 왔을 때 선배네 집 이야기하니까 관심을 보이더라고요. 지금은 일을 잠시 쉬는 중인데 오피스텔 임대료가 꽤 부담되나 봐요. 서초동에 있는 풀옵션 오피스텔이라니 뭐, 알 만하죠? 지금 사는 오피스텔 정리하는 데 한 달은 걸릴 것 같다고 하니, 6월 말쯤 선배 집으로 들어오라고 하면 어떨까 해요. 아무튼 절묘하게 시기가 딱 맞아서 다행이에요."

동준 씨의 설명에 그렇네, 잘됐다, 정말 잘됐어, 연거푸 대꾸하면서도 서초동의 고급 오피스텔에서 살던 사람이 엘리베이터도 없는 홍제동의 구축 다세대주택에서 몇 달씩 지낼 수 있을지 씁쓸한 의구심이 들기도 했다. 하지만 나는 동준 씨를 신뢰했으므로 동준 씨의 친구에게도 믿음이 갔고, 무엇보다 내게는 다른 선택지가 없었다.

수연 씨는 이제 세계의 어느 지역을 지나가고 있을까.

오늘 아침에 받은 수연 씨의 메시지엔 점심을 먹고 출발할 예정이라고 적혀 있었으니 오후 3시 무렵인 지금, 수연 씨는 그녀 자신도 알지 못한 사이 진행된 세계여행을 마친 뒤 이미 럭키타운 402호 안으로 들어가 짐을 풀고 있을지도 몰랐다.

마침 메시지 도착음이 들려와 황급히 확인하니 수연 씨에게 배를 보여주는 양평이의 사진이 도착해 있었다. 나도 모르게 웃고 말았다. 양평이다웠으니까. 문득 수연 씨에게 고양이들을 좀 더 소개해 주고 싶은 마음이 일었다. 양평이는 살집은 두툼하지만 한 계절에 한 번 정도 경기를 일으킬 만큼 병약하고, 체구가 작고 겁도 많은 오모리가 오히려 양평이를 살뜰히 챙기는 의젓하고 건강한 누나 고양이라고 나는 메시지에 적었다. 두 번째 항암 치료 이후 시력이 급격히 떨어져서 그 정도 길이의 문장을 작성하는 데도 긴 시간이 소요됐다.

무무 씨에 대해서도 이야기해 주고 싶었는데…….

수연 씨로부터 또 다른 답장이 오지 않는 잠잠한 휴대전화 액정 화면을 내려다보며 나는 속으로 중얼거렸다. '상무'라는 본명이 자칫 직급으로 오인될까 봐 스스로에게 '무무'라는 이름을 지어준 사람, 무무가 아닌 한상무로 불릴 때면 나는 대리인 적도 없어요, 라고 대꾸하며 싱겁게 웃던 사람, 혹은 한 번도 국경을 넘는 비행기를 타본 적이 없는, 그래서 여권을 발급받은 기록이 전무한 사람, 럭키타운 402호에서 나보다 먼저 살았던 사람…… 무무 씨에 관한 이야기라면 그야말로 무궁무진했다. 수연 씨가 내 말에 조금이라도 관심을 보인다면 무무 씨는 닭과 달걀은 먹지 않았다는 것도 나는 알려주고 싶었다. 닭은 인간의 욕심으로 지구상에서 유일하게 하루에 한 번씩 출산하도록 개량된 불쌍한 생명체이고 달걀은 그 불쌍한 생명체의 새끼나 다름없으니까, 라고 그는 그 이유를 밝힌 적이 있었다. 그는 멸치볶음과 알탕도 꺼렸다. 수십에서 수백의 생명이 고작 인간의 한입에 소비된다는 것이 야만적이라는 생각이 든다며. 선짓국을 좋아하고 생선회나 육회 앞에서는 군침을 삼키던 사람이 그랬다. 언젠가 노량진 수산시장으로 저녁을 먹으러 가던 날에는 버스 안에서부터 낙지탕탕이와 개불 회 중에서 무얼 먼저 먹을지 심각하게 고민하기도 했는데, 나는 그에게 드물게 찾아온 단순한 행복을 훼방하고 싶지 않아 그 두 가지 메뉴가 내가 안 먹는 유일한 음식들이란 걸 끝까지 밝히지 않았고 식당에선 반찬만 축냈다. 재미있는 분이셨네요, 라고 수연 씨가 반응해 준다면, 한 번만이라도 무무라는 이름을 입에 올려준다면, 나는 밤새도록 그에 대해 종알종알 떠들어댈 수도 있을 텐데.

그사이 수연 씨에게서 스마일 이모티콘이 왔고 나는 그것으로 수연 씨와 나누는 오늘의 연락은 끝났다는 걸 알 수 있었다. 집을 빌려주었을 뿐 만난 적이 없고 굳이 만날 필요도 없는 사람과 하루에도 몇 번씩 문자를 주고받을 일은 없는 것이다. 알면서도, 나는 휴대전화를 손에서 놓지 못한 채 침대에 누웠고 어서 해가 지기만을 기다렸다. 삶의 총량에서 또 하루가 차감된다면 투병의 날도 그만큼 줄어들 거라 생각하며, 동시에 이제 내가 바라는 건 고작 그런 것뿐이라는 사실에 쓸데없이 마음을 다치지 않도록 노력하면서.

옆 침대를 쓰는 이십 대의 김서아 환자—그녀는 림프종 혈액암 치료 후 회복 중이었다—

가 울리는 휴대전화를 받았다. 김서아의 통화가 길어지자 맞은편 침대를 쓰는 칠십 대의 최미숙 환자—폐암 4기인 최미숙은 암이 많이 진행되어 항암 치료조차 받지 못한 채 신약에 기대고 있었는데, 그녀에게는 완치 대신 전이를 막는 것이 최선이라고 했다—가 한 번씩 이불을 휙 들춰내며 김서아 쪽을 매섭게 쳐다봤다. 김서아는 아랑곳없이 더 크게 웃으며 수다를 이어갔고 최미숙은 돌연 서랍에서 성경책을 꺼내더니 소리 내어 읽기 시작했다. 내가 이곳에 들어온 지는 이틀밖에 되지 않았지만 그들의 갈등이 꽤나 오래되었다는 것을 모를 수 없었.

그들의 기싸움에 무심하고 싶어 휴대전화를 내려두고는 깍지 낀 두 손을 배 위에 올려놓은 채 눈을 감았다. 기도하고 싶기도 했다. 내가 아픈 것이 누구의 잘못도 아님을 잊지 않게 해달라고, 처음 암에 걸렸을 때처럼, 믿고 싶지만 믿고 싶지 않을 만큼 가혹하기도 한 나의 신에게, 신이 부재하는 신전에 와 있다고 상상하며.

감은 눈꺼풀 위로 6월의 오후 햇빛이 내려앉았다. 그러고 보니 어느새 봄은 지나가고 완연한 여름이었다. 시간이 흐른다는 것, 내가 믿고 싶은 종교의 교리는 오직 그뿐인지도 모른다고 생각한 순간, 마치 누수되듯 뺨 위로 눈물이 한 줄기 흘러내렸고 나는 최미숙과 김서아가 그것을 보지 못하도록 황급히 손등으로 닦아냈다.

투병의 하루가 그렇게 기울어가고 있었다.

함수연

24인치 슈트 케이스를 4층까지 끙끙거리며 끌고 올라간 뒤 현관문을 열었을 때 고양이들은 보이지 않았다. 운동화를 벗고 거실로 들어가 여기저기 두리번거리는 동안에도 집 안은 고요했다.

    고양이들은 찾을 수 없었지만 그들의 식량과 식수를 바로 챙겨야 했다. 작은방에 마련돼 있는 고양이들의 사료 그릇과 물그릇을 황급히 새로 채웠고, 그 방과 연결된 베란다—세탁기와 미니 건조대, 화장지와 키친타월이 그곳에 있었다—에선 쭈그리고 앉아 두 개의 고양이용 플라스틱 화장실을 청소했다. 청소는 어렵지 않았다. 오줌이 흡수되면서 응고된 모래 덩어리는 쓰레기봉투에 담고 사람 새끼손가락만 한 대변은 변기에 넣은 뒤 레버를 내리면 되었는데, 모두 김은희가 통화할 때 가르쳐주었다.

작은방에서 이마부터 꼬리까지 얼룩무늬가 넓게 퍼진 고양이—몸통뿐 아니라 얼굴과 꼬리, 심지어 발등까지 동그랗고 통통했다—가 태연히 걸어 나온 건 슈트 케이스를 거실로 옮겨놓고는 바닥에 앉아 옷과 속옷, 양말과 수건들을 꺼내고 있을 때였다. 이 집에 들어왔을 때뿐 아니라 작은방을 누비고 다니는 동안에도 아무런 기척을 감지하지 못한 나는 고양이의 갑작스러운 등장이 그저 신기하기만 했다. 긴장한 채 곁눈으로 고양이의 움직임을 살폈다. 나의 작은 실수로 우리의 첫 만남을 망치고 싶지 않았으니까. 콧등과 입 주변에도 얼룩무늬가 있는 고양이는 앞다리를 쭉 뻗고 엉덩이를 치켜든 자세—그 순간 눈이 살짝 감겼다—로 크게 기지개를 한번 켜더니 시계 반대 방향으로 내 주변을 둥글게 한 바퀴 돌았다. 살랑거리는 꼬리가 내 왼쪽 팔과 등허리, 오른쪽 종아리를 차례로 스쳤는데 그 느낌이 생각보다 나쁘지 않았다. 아니, 너무도 기분 좋게 부드러웠다. 고양이는 곧 내 곁에 웅크려 앉았다. 이름 모를 공인(工人)이 무심히 주조한 먼 산사의 불상처럼 표정이 온화하게 시큰둥했다. 이 고양이는 양평이일 것이다. 양평이는 먹을 것을 챙겨주는 식의 호의적인 모습을 단 한 번만 보여도 바로 경계를 풀 거라고 김은희는 일러주었던 것이다. 고양이들에 대해 말할 때면 휴대전화 너머 김은희의 목소리가 두 옥타브 정도 올라갔는데, 고양이를 키워보지 않았고 고양이라는 생명체에 특별히 애정을 가져본 적도 없는 내게는 그녀의 그런 변화가 꽤나 흥미로웠다.

양평이는 이제 가르릉가르릉, 하는 소리까지 냈다. 이곳에 오기 전 찾아본 고양이 관련 영상에서 들은 기억이 났다. 기분이 좋고 편안할 때 고양이의 성대에서 저절로 발생하는 소리로, 애묘인들 사이에선 '골골송'이라 불린다고 영상은 알려주었다. 어딘가에서 내 행동을 지켜보며 무장해제를 결심했을 양평이의 머릿속 담백한 회로를 상상하니 안도감이 들었다. 적어도 하나의 관문은 통과한 셈이었으니까. 양평이와 달리 오모리는 아직 확신을 갖지 못한 채 또 다른 은신처에서 나를 주시하고 있으리라. 오모리는 적어도 일주일, 길면 한 달 동안이나 나를 지켜본 뒤에야 조심스럽게 거리를 좁혀올 테니 조급해 말라고도 김은희는 언급한 적이 있었다.

짐 정리는 미루기로 했다. 꺼내놓은 짐과 슈트 케이스를 한쪽으로 치운 뒤 바닥에 눕고는 조심스럽게 손을 뻗어 양평이의 등허리를 손등으로 쓸어보았다. 손길을 느낀 양평이는 바로 몸을 뒤집어 배를 드러냈는데, 그 와중에도 내 냄새를 채집하는지 윤기 나는 까만 코가 쉼 없이 벌렁거렸다. 그 모습을 보며, 나는 결국 항복하듯 웃음을 터뜨리고 말았다.

"내가 어쩌다 여기서 너랑 이러고 있니?"

양평이는 마치 내 질문에 대답하듯 바닥에 등을 부비며 두 개의 앞발로 허공을 꾹꾹 누르기 시작했다. 새끼 고양이 때 어미의 젖을 먹으며 하던 행동—'꾹꾹이'라는, 골골송만큼 귀여운 용어로 불리는 행동이었다—을 성묘가 보여주는 건 친근감의 표현이라고, 역시나 같은 영상에서 이미 나는 확인했었다. 잘못 내린 역의 대합실에서 언제 다시 올지 모를 기차를 기다리는 여행자가 된 것 같았던 막막함을 잠시 잊게 해주는, 사랑스러운 환대의 몸짓이었다.

넉 달 정도로 예정된 이 여행은 동준으로부터 시작됐다.

동준은 대학 시절 친밀하게 지냈던 무리 중 한 명이긴 했지만 마음의 성분이랄지 생각의 구조 같은 건 하나도 겹치지 않는 친구였다. 그는 총학생회 집행부에서 활동하던 유일한 학과 동기였고 한동안은 병역을 거부하는 혼자만의 운동으로 관심을 받기도 했다. 그 의미가 아름답다는 것은 잘 알지만 입에는 フ의 올린 적 없는 양심이라든지 평화, 정의 같은 단어들의 가치를 위해 군대 대신 감옥에 가겠다는 그에게 존중의 마음을 보내는 동기나 선후배는, 내가 기억하기에 단 한 명도 없었다. 특이하다거나 유별나다

는 반응이 많았고, 그마저 쉽게 무관심으로 기화되어 버리곤 했다.

동준이 처음부터 남달랐던 건 아니었다.

2009년 여름, 그러니까 대학에서 처음 맞은 여름방학을 기점으로 동준은 변화를 겪었다고 나는 기억하고 있다. 그해 2학기에 동준은 눈빛과 말투가 이전과는 완전히 달라져 나타났으니까. 갑자기 어른이 된 것 같으면서도, 동떨어진 트랙에서 혼자 반대 방향으로 뛰는 사람처럼 미숙해 보이기도 했다. 그 여름방학의 어느 날, 군산 고향집에서 빈둥거리다가 동준의 전화를 받은 적이 있었다. 한밤중이었다. 휴대전화 너머에서 동준은, 인문대 학회 선배와 평택의 자동차 공장에 3일째 머물고 있다고 말했다. 침울하고 어두운 목소리였다. 짧은 침묵 뒤엔 이곳이 무척 덥다고, 낮에는 경찰 헬리콥터가 저공으로 비행하며 최루액을 분사했는데 땀띠가 난 곳에 최루액이 묻어 따갑다 못해 아프다고, 씻고 싶지만 물이 없어 그럴 수 없다고, 씻을 물뿐 아니라 마실 물조차 없다고 말을 이어갔다. 배신감이 든다고도 했다. 주체할 수 없는 배신감이라고, 어째서 내가, 우리가, 범죄자나 테러리스트처럼 취급되어야 하느냐고 따지듯 물을 때, 그때서야 나는 그가 취해 있다는 걸 알아챘다. 그만 전화를 끊고 싶었다. 그가 무슨 말을 하는지 하나도 알아들을 수 없었으니까. 연고도 없는 공장에서 경찰과 싸우며 그가 겪은 고초는 열아홉 살의 나로서는 도무지 공감할 수 없었던 것이다. 무섭기도 했다. 우리의 통화가 도청되어 나도 공범이 될까 봐, 그것이 언젠가는 취업을 해야 하는 내게 걸림돌이 될까 봐. 말로 하지, 왜 서로 폭력을 쓰니, 라고 내가 한마디 하자 휴대전화 너머는 갑자기 고요해졌다. 잠시 뒤 그는 아이처럼 울어버렸고, 그러다 예고 없이 전화는 끊겼다. 2학기 개강 후 학교에서 동준과 마주쳤을 때—나는 그 재회를 기다렸던 듯하다—그는 한밤중에 전화한 날은 미안했다고 사과하면서도, 그 갑작스러운 울음은 기억 못 하는 듯 언급도 하지 않았다.

세무사 자격시험 1차 합격 뒤 2차 시험을 준비하기 위해 휴학을 하고 고시원에 머물 때도 동준의 전화를 받은 적이 있었다. 그러고 보니 그날 역시 그는 술에 취해 있었는데, 격정적으로 울지는 않았지만 대신 자주 훌쩍였다. 두 달 후 입대라고, 고향의 부모님이 번갈아 쓰러지는 모습을 보고 타협할 수밖에 없었다고, 비참하다고, 비참해서 죽을 것 같다고 그는 연이어 말했다. 그때 역시 나는 내가 그를 끝내 이해하지 못할 것이고 그가 바라는 말을 해주지 못하리란 생각부터 했었다. 남들처럼 군대에 가는 것이 어째서 그를 그토록 비참하게 하는지 납득하지 못한 채, 나는 고시원의 침대와 책상 사이 좁은 공간에 쭈그려 앉아 손가락으로 바닥에 여러 도형만 그려나갔다. 끝없이, 끝없이. 애초에 내게는 동준을 이해할 마음의 여유가 없었던 건지도 모르겠다. 닥치는 대로 아르바이트를 하며 시험을 준비하던 당시의 내게 동준은 양심과 평화, 정의의 대리자가 아니라 부모에게서 꾸준히 생활비를 조달받는 운 좋은 놈에 지나지 않았다. 그의 부모는 통영에서 제법 큰 횟집을 운영한다고 나는 들었으니까. 덧없기도 했다. 그가 술이나 한잔하자고 제안해 온다면 그날 할당된 공부나 인터넷 강의는 접어두고 한걸음에 달려 나가리라 다짐했던 순간이. 멸종되어 가는 희귀 동물 같은 그를 가끔은 더 알고 싶어 했던 시절이 있었다는 것도.

    그날 이후, 동준은 오랫동안 전화하지 않았다.

간간이 소식을 전해 들었고, 학과 사람 누군가의 결혼식에서 스치듯 만나면 따로 카페로 이동해 커피를 마시기도 했지만 이상하게 통화는 한 적이 없었다. 한 달여 전, 한낮의 오피스텔 침대에 방전된 인형처럼 누워 있다가 휴대전화 액정 화면에 뜨는 '서동준'이라는 이름을 확인한 순간 아연해졌던 건 통화하지 않은 시간의 그 분량 때문이었던가. 마지막 통화 이후 눈을 한 번 깊이 감았다가 천천히 뜬 것만 같은데 휴대전화 저편의 세계에는 더 이상 대학생 동준이 살고 있지 않으며 그도 나처럼 어느새 삼십 대 중반이 되었다는 것이, 실제로 그때 나는 믿기지 않았다.

통화 버튼을 누르자 동준이 먼저 인사했다. 잘 지내니, 라고 물었고 너무 오랜만이라 미안하네, 말할 때는 쑥스러워했다. 서른다섯 살의 그는 술에 취해 있지 않았고 흐느끼지도 않았다. 대신 자신과 동료 활동가들의 종합소득세 신고를 도와줄 수 있느냐는 분명한 용건을 갖고 있었다. 나는 정식 세무사가 아니라 세무사 보조로 일해왔을 뿐이며 그마저도 지금은 쉬고 있다고 대답하자 동준은 상관없다고, 어차피 각자 휴대전화를 보며 작업을 할 테니 곁에서 도움만 주면 된다고, 소액이지만 수고비도 책정되어 있다고 대꾸했다. 그때 내가 동준의 제안에 큰 고민 없이 바로 응한 건 돈 때문은 아니었다. 동준이 말한 액수는 오가는 차비와 그날의 식비를 제한다면 대여섯 번 커피를 사 마실 정도밖에 되지 않았다. 나는 그저 내 쓸모를 의심하지 않아도 되는 시간이 필요했다. 솔직히 고맙기도 했다. 그건, 위축된 마음을 움직이게 하는 물리적인 고마움에 가까웠다.

그리고 이틀 뒤, 나는 동준이 일하는 인권센터 사무실을 찾아갔다.

마포 지하철역 근처에 위치한 인권센터 사무실에서 그가 내놓은 박하 맛의 차를 마시는 동안, 동준이 인권센터에서 하는 일은 소식지를 만드는 것이며 7년이라는 근무 기간이 무색하도록 지금까지 최저임금에도 미치지 않는 활동비를 받고 있다는 것을 자연스럽게 알게 됐다. 몇몇 사람들이 뜻을 모아 함께 꾸려가는 비영리 연구소—가난의 구조적 문제와 공동의 책임을 공부하며 반빈곤 활동에도 참여하는 연구소로, 럭키타운 402호를 소개받은 뒤에야 김은희도 그 연구소에 소속되어 있다는 것을 알게 됐다—에서는 그런 활동비마저 기대하기 힘들다는 내부 사정도 눈치챌 수 있었다. 가난하다는 것에 자격지심이 없으며 오히려 기꺼이 가난해지기를 선택했다는 것, 가난해짐으로써 덜 갖고 덜 누리게 된 것들의 리스트에 조바심을 내지 않는다는 것, 그런 면에서 동준은 여전히 멸종

위기의 희귀 동물 같다고 나는 생각했다. 흡사 흑고니나 아시아치타처럼. 그 생각은 내가 동준에 대해 아는 것이 거의 없다는 깨달음으로 이어졌다. 그가 살았고 살고 있는 구체적인 하루하루라면 아예 모르는 것이나 다름없었다.

하긴, 동준 역시 나를 몰랐다.

모를 터였다.

소득이 높은 개인이나 기업을 대신해 최소한의 세금이 산출될 수 있도록 서류를 준비하고 가능한 편법을 동원하기도 했던 하루하루에 대해서라면, 혹은 내 실수로 예상했던 것보다 큰 금액의 세금을 내게 된 고객이 세무소를 상대로 손해배상 청구 소송을 했다는 것이나 그 사건으로 내가 절차 없이 바로 해고된 일에 대해서도……. 대표는 내게 소송에 들어가는 비용을 요구하지 않는 것만으로도 스스로 선량한 세무사라고 믿는 듯했고, 솔직히 나는 그것에 딱히 반박할 수 없었다.

활동가들이 하나둘 모여들었다. 종합소득세를 신고할 사람은 동준까지 모두 여섯 명이었는데, 동준과 같은 인권센터에서 일하는 사람도 있었지만 대부분은 다른 시민단체에서 온 동준의 친구 활동가들이었다. 나는 그들에게 저마다의 휴대전화로 홈택스에 접속해 로그인을 하도록 안내했고 그들이 가져온 신고 안내문과 각자 준비한 서류를 보며 체크하거나 입력할 목록을 알려주었다.

동준이 대뜸 고양이를 좋아하는 사람이 주변에 있느냐는 질문을 해온 건 일이 마무리된 뒤 다시 우리 둘만 남았을 때였다. 인권센터에서 마포 지하철역까지 함께 걷는 동안 그는 고양이들만 제대로 보살펴 준다면 일정 기간 무료로 머물 수 있는 집에 대해 길게 말을 이어갔다. 솔깃했다. 세무소를 그만두고 나자, 그곳으로부터 걸어서 10분 거리의 오피스텔에서 사는 건 무의미할 뿐 아니라 불편하기까지 했다. 우연히라도 세무소 대표나 직원들과 마주치고 싶지 않았고 당장 새 직장을 구할 가능성이 없는 상태에서 꾸준히 지출되는 큰 금액의 월세와 관리비는 부담이 됐다. 내가 관심을 보이자 동준은 반색했고 바로 김은희에게 전화했으며 그 자리에서 나를 바꿔주기까지 했다.

이주는 그야말로 일사천리로 진행됐다.

수많은 사무실이 밀집한 번화가에 위치해서인지 오피스텔의 새 세입자는 바로 나타났고 이사 날짜도 쉽게 조정됐다. 가전제품뿐 아니라 붙박이장과 침대까지 풀옵션인 오피스텔이어서 짐 정리 역시 어렵지 않았다. 침구와 겨울옷, 책과 잡다한 생활용품, 서랍장과 접이식 화장대 같은 작은 가구를 이삿짐센터의 창고 하나를 빌려 보관하면 되었다. 24인치 슈트 케이스에 당장 입을 옷과 세탁한 수건, 노트북과 태블릿 피시, 화장품과 세면도구를 담은 건 바로 어제저녁의 일이었다. 놀랍게도 그 모든 일은 한 달도 안 되어 끝났다.

탐색이 끝났는지 양평이는 등허리가 옴폭하게 길어지는 기지개를 또 한 번 보여준 뒤 작은방으로 건너갔다. 양평이를 눈으로 좇다 보니 나야말로 김은희의 집을 제대로 탐색할 필요가 있다는 생각이 들었다. 나는 누웠던 자리에서 일어나 이내 집 안을 둘러보기 시작했다.

럭키타운 402호는 창이 있는 면만 둥글게 마무리된 특이한 모양의 거실을 두 개의 방과 화장실이 둘러싼 구조였다. 드문드문 색이 바랜 벽지, 낡은 창틀과 그 사이의 묵은때, 형광등 커버 안에서 덧없이 부유하는—누군가 커버를 열지 않는다면 영원히 부유하게 될—먼지 뭉치에 시선이 잠깐씩 머물렀다. 익숙했다. 대학교 기숙

사에서 나와 전전했던 서울의 여러 거주지—창문이 없는 고시원과 옆집이나 윗집의 휴대전화 진동까지 전해지던 다섯 평 남짓의 원룸, 그리고 서초동 오피스텔에 입주하기 전까지 살던 신림동의 초원빌라였다—에서 추출할 수 있는 공통된 특징들이었으니까. 화장실 문을 열었을 땐 꼭지를 비틀면 녹물부터 토해낼 것 같은 낡은 수도꼭지와 완전히 제거되지 않은 곰팡이가 보였는데, 그 풍경 역시 내게는 더없이 익숙했다.

익숙하지 않은 것도 있긴 했다. 가령 거실 창문 커튼 봉에 매달린 선캐처 같은 사물……. 셀로판지로 감싼 유리구슬과 다양한 크기의 조개껍데기가 긴 줄에 달린, 누가 봐도 기성 상품을 손수 리폼한 선캐처였다. 거실이 동향이어서 아침부터 정오 정도까지는 햇빛이 잘 들어올 것이고 그때는 선캐처를 투과한 여러 색의 빛이 집 안의 바닥과 벽에서 일렁일 터였다. 바람이 불어오면 조개껍데기끼리 부딪히면서 청량한 멜로디가 직조되기도 하리라. 나는 선캐처를 가만히 건너다보며 김은희의 시야와 움직임을 상상했다. 해가 잘 들어오는 오전이면 고양이들은 캣타워에, 김은희는 캣타워 옆에 놓인 의자—다리 길이가 보통 의자의 절반밖에 되지 않는 앙증맞은 사이즈의 의자였다—에 앉아 여기저기 스며든 빛을 구경했을 것이고 창밖의 좁은 골목으로 자주 시선을 보내기도 했으리라. 골목을 채운 건 럭키타운처럼 대부분 허름한 다세대주택들이었지만 마당에 나무 몇 그루가 심어져 있는 단독주택도 한 채 보였다. 그 나무들에 새들의 휴게소가 있는지 간간이 새소리가 들려왔다. 책들이 가지런히 꽂힌 다섯 단짜리 책장, 김은희가 솜을 넣어 직접 만든 듯한 방석들—고양이가 자수된 방석들이었는데, 양평이와 오모리가 모델일 터였다—과 2인용 식탁 옆 코르크 메모판에 별 모양 압정으로 고정된 엽서들 역시 김은희의 성향과 일상을 고요히 누설하고 있었다.

벽을 통해 남자와 여자의 날 선 목소리가 들려온 건 다시 짐 정리를 하기 위해 슈트 케이스 앞에 앉았을 때였다. 시끄러운 이웃과 그 이웃이 내는 소음에 속수무책인 열악한 내벽은 어쩔 수 없이 초원빌라를 떠올리게 했다. 초원빌라 2층에는 우울증을 앓는 하반신 마비 환자—엘리베이터를 이용할 때 가끔 마주치곤 했던 그는 사십 대나 오십 대로 보였지만 초원빌라에서 반장 역할을 맡았던 201호 할머니는 그가 내 또래라고 알려주었다—가 살았는데, 그는 한 달에 두세 번씩 꼭 새벽에 울었다. 덫에 걸려 죽어가는 거구의 짐승이 연상되는, 쓸쓸한 공포를 불러오던 울부짖음이었다. 그 울부짖음을 들으며 잠을 설치는 건 고문에 가까웠다. 잠의 깊이는 얕았고 어쩌다 깊이 잠들어도 고어 영화 같은 지독한 악몽에 시달려야 했으며, 아침에 가까스로 눈을 뜨면 혹시라도 번개탄 냄새가 집으로 스며들었을까 봐 예민해졌다. 그가 정말 죽음을 선택했다면 성가신 일이 생길 거라고 걱정했고 동시에 그런 걱정이나 하는 스스로가 섬뜩하고 징그러웠다. 인간의 삶은 죽음으로 돌진하는 불안의 다발이라는 생각에 갇힌 채 시작되던 하루하루……. 2년 전 초원빌라의 계약이 끝날 무렵 월세와 관리비가 월급의 절반에 육박하는 직장 근처 오피스텔에 들어간 건 바랜 벽지와 낡은 수도꼭지 같은 익숙한 누추함에 질려버려서였지만 그 울부짖음에서 해방되고 싶어서이기도 했다. 서초동에 위치한 오피스텔이라면 서울에서 가장 바쁘고 신원이 확실하며 무심히 예의 바른 이웃들만 살고 있을 테니까. 무엇보다 통창 너머로 펼쳐지는, 강남의 조명들로 넘실대는 밤의 시티뷰를 나는 사랑했다. 주거비를 빼면 저축할 돈이 거의 남지 않는다는 것을, 나이 들수록 가난해질 가능성이 높다는 것을, 샤워를 마친 뒤 시티뷰를 내려다보며 맥주나 와인을 마실 때만큼은 완전히 잊을 수 있었다. 어쩌면 그때 내게는 언제까지고 안온한 거주지에 살게 되리라는 믿음이 필요했는지도 모르겠다.

옷과 속옷은 옷장 아래 칸에 넣었고 세면도구는 화장실 수납장 안에 두었다. 김은희는 옷장 두 칸과 화장실 수납장을 치워놓을 테니 편하게 사용하라고 했었다. 이곳에 오는 길에 사 온 캔커피를 들고 식탁에 앉자 식탁 한가운데 놓인 목각함이 보였다. 조심스럽게 목각함의 뚜껑을 열어보니 비스킷과 쿠키, 초콜릿, 그리고 여러 종류의 차 티백과 커피 드립백이 정연하게 담겨 있었다. 김은희가 선택한 환대의 인사란 걸 바로 알 수 있었다.

비스킷 하나를 베어 먹으며 식탁 구석에 일렬로 나열된 여러 공책 중 하나를 무심코 집었다. 그날그날의 지출이 10원 단위까지 기재된, 놀라울 만큼 정교한 가계부였다. 가계부는 간단한 메모장 역할도 하는지 잊으면 안 되는 약속이라든지 만남의 장소나 시간 같은 것도 적혀 있었다. 내가 펼친 건 작년 가계부였는데 비슷한 두께의 공책이 아홉 권 더 있었다. 김은희는 10년 전부터 가계부를 써왔고 버리지 않은 채 모아온 것이다.

가계부 공책을 몇 장 넘기다 말고 이내 덮었다. 더 들여다본다면 김은희의 삶을 너무 깊숙이 알아버릴 것 같아 겁이 났다. 마침 다시 나타난 양평이가 식탁 위로 껑충 올라오면서 공책이 바닥으로 떨어졌고 그 사이에 끼여 있던 것들이 쏟아졌다. 쭈그리고 앉아 정리하며 얼핏 보니 종류별로 나누어놓은 공과금 고지서와 약관이 포함된 보험증서, 오래전 늘짜로 발행된 법원 출석 요구서, 벌과금 납부 명령서 들이었다.

　마지막으로 손에 잡힌 건 사진이었다. 그 사진으로 나는 김은희의 얼굴을 확인할 수 있었다. 김은희 곁에서 활짝 웃고 있는 남자에게도 시선이 갔다. 어떤 웃음은 성실하구나. 그런 생각을 하며 나는 사진을 가계부 공책에 도로 끼워놓았고 서둘러 제자리에 두었다.

김은희

세 번째 항암 치료를 받고 이틀째 되는 날, 몸은 하강을 시작했다. 밧줄이 풀려 심해 끝으로 향해 가는 닻처럼, 벼랑 끝 나무에서 떨어진 한 장의 꽃잎처럼. 침대 아래로 보이지 않는 무한의 공간이 계속해서 생성되는 듯 하강의 감각은 끝이 없었다. 나는 안다. 잘 알고 있다. 오늘 이후로 메스꺼움과 구토, 어지럼증과 발열, 오한 같은 증상이 더 자주 나타나리란 걸. 부종이나 호흡곤란도 일상의 일부가 될 것이고 머리칼은 본격적으로 빠지게 될 것이며—어느 순간이 지나면 머리칼은 빠지는 게 아니라 '떨어진다'—, 이불과 속옷에 흔적을 남기는 각질은 사는 게 구차하다는 비관을 불러오기도 하리라.

오래전, 나는 이미 한 번 아팠다.

암 진단을 받은 몸은 이전까지 가보지 않았고 가지 않아도 되었던 장소들로 자꾸만 나를 데려갔다. 채혈실과 항암 주사실, 수술 대기실과 회복실로. 죽음이란 내가 알고 나를 알던 사람들과의 절연을 의미한다는 걸 차분히 자각해야 했던 새벽의 입원실로. 뒤통수를 밀고 지나가는 바리캉의 차가운 감촉이 난폭한 서글픔으로 응결됐던 미용실과 산속에 자리한 미심쩍은 자연 치유 클리닉으로, 무당이 앉아 있는 알록달록한 방으로도. 고등학교에서 6년 차 영어 교사로 근무하던 서른두 살의 나는 질병휴직 신청서를 낸 뒤 육십 대의 어머니를 따라 그런 곳을 떠돌아다녔다. 하나같이 다시는 가고 싶지 않은 곳이었는데, 그중에서도 병원에서 집으로 돌아가는 택시는 떠올리는 것만으로도 지긋지긋했다. 날 생각해서라도 빨리 나으라거나 나보다 먼저 죽을 생각 하지 말라는 어머니의 당부―내 의지와 무관했기에 들어주겠다고 장담할 수 없는 당부였다―는 대개 울먹임으로 이어졌고 그 울먹임은 금세 통곡으로 증폭되곤 했다. 운다는 행위에 몰입해 있을 때의 어머니는 나와는 완전히 분리된 세계에 존재하는 듯 보였는데, 아마 실제로도 그랬을 것이다. 통곡 사이사이 어머니는 말했다. 전생에 무슨 죄를 지었기에 남편 일찍 앞세운 것도 모자라 딸 아픈 것까지 지켜봐야 하느냐고, 이리 더러운 팔자가 어디 있느냐고. 가슴을 치면서. 아프게, 아프도록. 그럴 때, 내

슬픔은 사치가 되었다. 어머니는 자신의 통곡이 내게서 슬퍼할 권리를 고요하고도 집요하게 빼앗아 간다는 걸 인지하지 못했고, 나는 어머니를 위해 해줄 수 있는 말이 단 한 마디도 없는 것에 매번 외로운 낭패감을 느꼈다.

나는 울 수 없었다.

우는 대신, 슬픔에 침잠하는 대신, 나는 그저 바랐다. 내가 아픈 것이 어머니 탓이 아니듯 어머니의 슬픔에 내 잘못이 없기를. 어머니만이 아니었다. 내 아픈 몸에 그 누구도 죄 따위는 의식하지 않았으면 했다. 치료가 힘드니 자기 결혼식에는 불참하는 게 어떻겠냐고 조심스럽게 묻던 남동생도, 결혼도 안 한 처녀애가 왜 하필 난소암에 걸렸느냐고 나무란 뒤 그래도 애 낳는 건 가능하지 않느냐고 무구하게 묻던 할머니도, 나는 내 마음의 법정으로 소환하고 싶지 않았다. 고작 두 계절짜리 연인이었지만 함께 미래를 설계한 적은 있는 동료 교사 Y도 마찬가지였다. 암 진단 사실을 밝힌 이후부터 조금씩 연락에 소홀해지던 그가 결국 내 전화도 받지 않게 된 날, 나는 피고인석에 앉아 있는 그를 상상하지 않았다. 적어도, 노력은 했다. 아니, 필사적으로. 다만……

다만, 기억이 남았을 뿐이다.

모진 말은 했지만 나를 바라볼 땐 눈동자가 충혈되어 있던 남동생과 할머니의 닮은 얼굴이, 단 한 번 문병을 와선 손만 잡아주고 황급히 떠난 Y의 차분하고도 매정한 체온이, 내 마음을 얼마나 깊이 베었는지 나 자신조차 모르는 사이 기억의 창고에 차곡차곡 쌓여갔다. 아플 때나 아프지 않을 때도 그 기억은 고스란히 형벌이 되었다. 마음속 법정은 폐쇄됐고 기소된 피고인은 모두 떠났지만, 내게는 하나의 형벌이 남은 셈이다. 사는 것이 곧 형벌이 되는, 형벌이 아닌 순간이 없는, 이상할 만큼 가혹한 형벌이…….

　2년여의 치료가 끝나고 완치 판정을 받았을 때 내 소망은 단 하나, 형벌을 형벌로 의식하지 않아도 되는 곳, 그러니까 나 자신을 미워할 필요가 없는 곳에서 사람답게 살고 싶다는 것, 그뿐이었다. 나는 자유롭고 싶었다. 날개가 달린 짐승처럼, 해역 따위 모르는 채 바다를 가로지르는 고래처럼. 학교에 사직서를 낸 건 그 새로운 여정의 시작이었다. 당연한 줄 알았던 제도권의 혜택을 포기하는 것이 자유로움에 대한 내 갈망의 깊이를 증명한다고 믿었으니까. 동준 씨를 만나게 해준 지금의 연구소로 들어간 것도 오롯이 나 혼자 내린 결정이었다. 사회학과 여성학, 문화인류학을 함께 공부하면서 장애인과 노숙인, 미혼모를 돕는 단체들에 협력해 반빈곤 활동에도 참여하는 그곳에서 나는 삼십 대와 사십 대를 보냈다.

연구소에는 나와 동준 씨, 금희 님 외에도 네 명이 더 있었다. 여성학 붐이 일었던 초창기에 금희 님과 함께 박사과정을 밟은 뒤 여러 대학에서 시간강사로 활동하다 셀프 퇴임을 선택한 여주 님—금희 님과 여주 님은 공식적인 커플로 같은 집에 살았지만 내 눈에 두 사람은 커플보다는 자매처럼 보였는데, 30년 넘는 세월을 통과하며 완성된 그 사랑의 형태가 나는 보기 좋았다—과 사회학 및 문화인류학 전공자면서 두 아이의 엄마이기도 한 내 또래의 희선 님은 연구소의 중축이었다. 동준 씨 또래의 두 활동가들—빈곤 철폐를 위한 사회연대에서 간사로 일하는 혜영 씨와 여러 집회 현장에서 사회자로 자주 초대받는 선화 씨였다—도 내게는 가족이나 다름없었다. 세상이 바뀔 리 없다는 걸 알면서도 바꿀 수 있다고 믿는 그들에게, 그 믿음을 책임지고 싶어 하는 그들의 단단하고 순한 마음에 나는 기대고 싶었고 기대어왔다, 기꺼이.

　문제는 돈이었다. 연구소에 지원금이나 기부금이 들어오는 기간엔 활동비를 받았고 연구소 이름으로 책이 출간되면 인세를 나눠 갖기도 했지만 수입이 제로인 달이 훨씬 더 많았다. 나는 틈틈이 일했다. 아니, 일할 수밖에 없었다. 미술관에 임시직으로 채용되었을 땐 체험이 허락된 전시물의 안내를 맡았고 독립서점에서는 책 큐레이션을 도운 적도 있었지만, 모두 내가 좋아하는 일이었지만, 그런 일은 그리 자주 내 차지가 되진 못했고 마흔 살이 넘으면서부터는 아예 기회도 생기지 않았다. 고향에 내려갈 때마다 어머니는 내게 헛똑똑이라고 했고 유난 떤다고도 했다. 예전처럼 울지는 않았지만 그 대신 늘 화를 냈다.

　그런 날도 있었다.

　구민 체육센터에서 계단 청소를 하다가 오

래전의 학부모를 만난 날……. 그녀는 학부모 위원으로 꽤나 열심히 학교 일에 참여해서 나와도 여러 번 만났었다. 단박에 나를 알아본 그녀는 먼저 알은체를 하며 건강과 근황을 물었고—그녀는 내 투병과 사직을 알고 있었다—곁에 있던 네 살짜리 손녀에게 오래전 네 엄마의 선생님이었다고 나를 소개한 뒤 인사를 시키기도 했다. 한때의 제자가 낳은 그 애에게 뭐라도 주고 싶었지만 내가 갖고 있는 거라곤 간식으로 챙겨 온 주머니 안의 초콜릿바뿐이었다. 그리고 그날 오후, 나는 체육센터 입구 쓰레기통에서 포장도 뜯지 않은 그 초콜릿바를 발견했다. 쓰레기통에서 시선을 뗄 수 없었다. 어떤 다정함은 그 안에 쓰라림이 감춰져 있다는 걸 마치 처음 알게 된 사람인 양 꿈쩍도 하지 못한 채.

언제 잠들었던가.

저녁 식사 시간을 알리는 차임벨 소리에 눈

을 뜨니 어느새 두 시간이 훌쩍 지나 있었다.

그사이 김서아 환자는 외출했다 돌아왔고 최미숙 환자도 잠에서 깨어 저녁밥을 받기 위해 침대 선반을 올리고 있었다. 김서아와 최미숙이 함께 있으면 늘 그러하듯 병실 분위기는 싸늘했다. 각자의 식판에 수저가 부딪치는 소리마저 내 귀에는 싸늘하게 들릴 정도였다. 언제부터인가 일흔세 살의 최미숙과 스물여덟 살의 김서아는 그들의 평균 나이인 내게, 그러니까 삼중음성 유방암 3기 환자인 쉰두 살의 김은희에게 각자 하고 싶은 말을 쏟아내곤 했다. 김서아는 최미숙이 미쳤거나 치매에 걸렸다고 확신했고 최미숙은 김서아만큼 예의 없고 못돼먹기까지 한 어린년은 본 적이 없다며 꾸준히 험담했다. 김서아에 따르면 최미숙은 내가 입소하기 전 나체로 침대에 앉아 있다가 그 모습을 들킨 적이 있었고, 최미숙은 소등 후까지 휴대전화를 들여다보는 행동을 고치지 않는 데다 문병 온 제 모친에게 툭하면 신경질을 부리는 김서아의 성미에 불만이 깊었다.

가까스로 상체를 일으켜 앉아 공동 간병인이 침대 선반에 올려다 준 식판을 앞으로 당겼다. 식판에는 맑은 배춧국과 두부부침, 소고기가 들어간 감자조림, 김치와 오렌지 두 조각이 차려져 있었다. 쇳가루를 삼킨 듯 입안이 썼고 수저를 든 손으로 날카로운 통증이 지나가기도 했다. 결국 음식을 반이나 남긴 채 수저를 내려놓자 맞은편에서 최미숙이 더 먹으라고, 먹어야 낫는다고 타이르듯 말했다. 나는 그런 최미숙을 향해 가만히 웃어주었다. 이미 최선을 다해 먹었으니까. 더욱이 두 번이나 구토를 한 뒤였다.

손을 뻗어 창문 커튼을 젖히니 요양병원 마당 한가운데에 자리 잡은 목련나무의 넓적한 잎마다 아직 사위지 않은 여름의 저녁 햇살이 흠

뼈 내려앉는 게 보였다. 창밖은 저토록 완연한 여름인데도 나는 추웠다. 20여 년 전의 난소암 투병 때와 달라진 증상이 있다면 그건 추위였다. 메스꺼움과 구토감, 어지럼증 같은 신체적인 증상뿐 아니라 공허에 가닿는 외로움과 폭발할 듯 부풀어 오르는 불안마저 추위로 응결되는 것만 같았다.

작은 겨울 하나가 봉합된 아픈 몸 하나……

럭키타운 402호에서 수연 씨는 목각함 말고도 무무 씨의 흔적을 더 발견했을까.

나는 문득 그것이 궁금했고, 또다시 수연 씨에게 연락하고 싶은 충동에 휩싸였다. 이틀 전 수연 씨는 목각함 안의 과자와 사탕, 차 티백과 커피 드립백을 애용하고 있다고 메시지를 보내왔다. 수연 씨는 그 목각함을 만든 사람이 무무 씨란 걸 아직 몰랐다. 아니, 그녀는 무무 씨 자체를 알지 못했다. 목각함뿐 아니라 그 집의 캣타워와 캣타워 옆 키 작은 의자도 무무 씨가 목공소에서 버려진 목재를 얻어 와 만든 것임을 나는 알려주고 싶었다. 언젠가 럭키타운 402호를 방문했던 어느 오후—무무 씨의 아들과 마주치지 않기 위해 나는 낮 시간에만 그 집에 머물렀다—, 내가 거실 창문 커튼 봉에 내 방식으로 꾸민 선캐처를 달아놓자 무무 씨는 선캐처를 통과한 빛이 유독 잘 스미는 자리를 가늠하며 캣타워와 의자 제작을 구상했다. 엽서들을 붙여놓은 식탁 옆 코르크 메모판에도 무무 씨의 손길은 남아 있었다. 해변 일러스트가 프린트된 엽서들 중에서 실제 해변을 담은 단 한 장의 사진을 찍은 사람이 바로 무무 씨니까. 순굿해변, 우리가 기차와 버스를 타고 여행다운 여행을 간 유일한 곳. 그러고 보니 양평이와 오모리를 집으로 들여 건강하게 키워낸 사람도 내가 아니라 무무 씨였다. 눈도 못 뜬 아기 고양이였던 양평이는 양평해장국 식당 주차장에서 구조됐고—그때는 우리가 만나기 전이었다—, 오모리는 그로부터 1년 뒤 재활용 쓰레기 분리수거함에 버려진 오모리라면 박스에서 다친 채로 발견됐다. 서로를 알아가던 그 무렵, 나는 무무 씨와 함께 오모리를 데리고 동물병원을 드나들었고 어느 날은 지갑 속 현금을 모두 꺼내 치료비에 보태기도 했다. 올해 양평이는 일곱 살이 되었고, 오모리의 경우는 발견 당시 동물병원에서 네댓 살쯤이라고 알려주었으니 지금은 적어도 열 살은 되었을 거라는 셈이 가능했다.

하긴, 럭키타운 402호 전체가 한때는 무무 씨의 것이었다.

6년 전 여름, 동준 씨를 만나러 인권센터에 갔다가 외출 중인 동준 씨는 보지 못하고 그 대신 사무실 배관을 수리하는 무무 씨를 처음 목격하게 됐다. 그 사람 혼자 화장실과 탕비실을 오가며 땀 흘리는 모습이 신경 쓰여 조용히 밖으로 나가 음료수를 사다 주었는데, 그날 무무 씨는 인권센터를 나서던 나를 따라와 인사를 건넸다. 우리는 잠시 서로를 마주 봤다. 마흔여섯 살의 여자와 마흔여덟 살의 남자, 그러나 그 껍데기 안에는 아직 세상을 모르는—어쩌면 모르고 싶은—아이들이 있었던 두 사람. 사는 게 곧 형벌이기도 했던 내게 삶이 마지막 자비를 남겨놓았다고 그 순간 나는 생각했던가. 아마……

아마, 그랬을 것이다.

그리고 어느 겨울밤, 그의 외아들이 친구들과 일본으로 여행을 떠난 날, 그와 나는 같은 침대에 앉아 있게 됐다.

그 여름 이후 친밀한 관계로 만나왔는데도 반년이 흐르도록 함께 밤을 보낸 적이 없었던 건 그의 아들이 밤중에 불쑥 럭키타운 402호를 찾아와 자고 가는 습관이 있어서였다. 서울 소재 대학에 다니는 그에게 시흥의 집은 너무 멀었으니까. 시흥에서 그는 자신의 어머니, 그러니까 무무 씨의 전처—그녀는 코다리찜으로 유명한 식당에서 일한다고 했다—와 소형 임대주택에서 단둘이 살았다. 무무 씨가 당시 내 거주지였던 구산동의 다세대주택에서 자고 간 적도 없었는데, 그는 나 혼자 사는 집에 머무는 걸 어려워했다. 아니, 거의 겁먹은 듯 보였고 그 벽을 허무는 건 내 편에서 강요할 수 없는 문제였다.

그랬는데, 나란한 평행선처럼 좀처럼 서로에게 한발 더 다가가지 못하던 우리였는데, 그날은 같은 침대에 걸터앉아 가까이서 숨을 교환하고 있었던 것이다. 나는 긴장한 채 그의 긴장을 느꼈다. 쑥스럽고 어색한 건 나도 마찬가지였다. 너무도 오랫동안 나는 혼자였으니까. 투병 이후 내 몸과 감정은 중성화되었다. 연애는 맞지 않는 큰 옷처럼 거추장스러웠고 사랑은 믿지 않았다. 아주 간혹 더 가까워지고 싶은 사람을 만나게 되어도 배에 수술 자국이 있고 암 치료 경력이 있는 내 몸에 나는 자신이 없었다. 사랑을 할 수 없는 몸에 갇혔다고 스스로를 길들였던 건지도 모르겠다. 혼자라서 편했지만, 대신 외로웠다. 나쁜 꿈을 꾸다가 새벽에 깬 날이면 정념의 숨결이 그리웠고 때로는 무서울 만큼 간절히 욕망하기도 했다. 그랬던 내가 곧 전라의 몸을 부끄러움 없이 보여주게 될 사람과 바투 앉아 있었던 것이다. 그 밤, 내게는 사랑하고 사랑받을 특권이 주어졌고 나는 그 특권으로 고유해졌다. 고유해져야 하고 고유해져도 된다고, 나는 그렇게 생각했다.

내가 먼저 용기를 내어 그의 회색 티셔츠를 벗기려 하자 그는 바로 몸을 움츠렸다. 실망할지도 몰라요, 속삭이며. 나는 대답했다. 상관없어요, 그렇게. 진심이었다. 그 밤, 우리가 능숙하게 사랑을 나눈 건 아니었다. 너무도 오랫동안 자신의 몸에 타인의 집을 지어보지 못한 사람들이 대개 그러하듯 조금씩 어긋났고 마치 처음인 양 서툴렀다. 짧은 사랑이 끝난 뒤 무무 씨는 바짝 긴장했던 모습과 달리 곧바르 코를 골며 잠들었지만 나는 그럴 수 없었다. 무무 씨는 몰랐을 터였다. 우울의 실로 짜인 이부자리를 쓿어보듯 쌓여가는 허무를 손으로 짚어보는 것만이 남은 삶의 전부일 거라고 생각했던 내게, 그 밤은 지상에 재현된 별자리를 걷는 것만큼이나 황홀했다는 것을.

그렇게, 4년이 흘렀다.

좋은 날도 있었지만 좋지 않은 날도 찾아왔다. 한집에서 살아보자는 내 제안을 그가 거절할 때면 특히. 주로 아들이 그 이유가 됐다. 그의 아들—무무 씨는 아들을 지칭할 때 늘 우리 아들, 이라고 했다—은 아버지를 좋아했고 어머니를 존경했으며 부모가 늦게라도 재결합하길 바랐다. 그는 무무 씨를 가장 많이 웃게 하는 동시에 가장 조심하게 하는 존재였고, 나는 두 사람 사이에 아무런 지분이 없었다.

대신 우리는 습관처럼 약속하곤 했다. 밥을 먹다가, 워시토피아에서도 문득, 목적지 없이 걷던 중에도, 그의 아들에게 반려가 생기면 그때부터 남은 삶을 같이하기로. 양평이와 오모리를 시골로 데리고 내려가—고양이들이 언제까지고 건강하게 살아 있기를 우리는 바랐다—집은 폐가를 수리해 쓰고, 생활비는 이삼일에 한 번씩 주변 농가에서 일하는 것으로 해결하기로. 그렇게 한 세월 보내다가 우리 중 한 명이라도 회복하기 힘든 병에 걸리면 스위스행 비즈니스석 편도 비행기 티켓 두 장을 끊자고 제안한 건 나였다. 내 제안을 들은 무무 씨는 은희 씨는 오래 살아야죠, 또 아프지 말고요, 라고 말하면서도 그렇게 삶을 마무리할 수 있다는 가능성에 내심 안도하는 듯 보였다. 아들에게 부담을 주지 않고 외롭지 않게 떠날 수 있다는 가능성……. 미래의 그날, 우리는 손가방 하나씩만 들고 공항으로 갈 터였다. 그것은 우리가 함께 국경을 넘는 처음이자 마지막 여행이 될지도 몰랐다.

서로의 죽음을 지켜보자고 약속한 순간이 그렇듯 분명하게 존재했는데도 우리는 사랑의 영토에서 당당하지 못했다. 그 영토에서만큼은 불법체류자인 양, 미등록 난민인 듯, 마음을 감췄고 관계를 은폐했다.

돌이켜 보면 모두 나 때문이었다. 고등학교 졸업장도 없이 열여덟 살 때부터 주물공장에서 일한 무무 씨, 그곳에서 기흉을 얻은 뒤 산업재해를 인정받기 위해 여러 시민단체와 노동조합을 전전하다가 결국 친분이 생긴 단체나 조합을 돌며 청소라든지 수리 일을 하게 된 그 무무 씨를 나는 내 어머니나 동생에게 소개하려는 시도조차 하지 않았다. 주변 사람들에게도 마찬가지였다. 연구소와 인권센터 사람들에게, 집회 때 마주치곤 하던 반빈곤 활동가들에게, 우리를 동시에 아는 그 누구에게도, 그와 내가 연인 관계가 되었다는 것을 나는 발설하고 싶지 않았다. 결국 우리의 관계를 아는 사람은 없었다. 적어도 내가 럭키타운 402호로 들어와 무무 씨의 고양이들을 거두기 전까지는 그랬을 터였다. 무무 씨의 전처와 아들도 내 존재를 알지 못했다. 그들에게 만나는 사람이 있다는 걸 밝히지 않은 건 무무 씨의 선택이었지만, 나는 안다. 내가 먼저 조심했기에 그도 내 방식을 따랐다는 것을. 실제로 우리는 매 순간 조심했다. 손을 잡거나 팔짱을 낀 채 거리를 활보하지 않았고 애정 어린 사진을 가능한 한 남기지 않았으며 그의 아들이 서울에 오지 않는 게 확실한 날에만 럭키타운 402호에서 함께 밤을 보냈다.

무무 씨는 알았을 것이다. 내가 그를 부끄러워했다는 걸, 그림자의 자리에 놓으려 했다는 것도……

무무 씨가 떠난 뒤부터 나는 종종 그때의 내가 견딜 수 없이 미워지곤 했다. 마음의 법정이 아니라 광장으로 나를 끌고 가 사람들이 실컷 비웃고 손가락질하도록 내 이중성을 떠벌리고 싶을 만큼 미웠다. 세상의 편견과 불평등에 맞서겠다며 20년 가까이 덜 갖고 덜 누리려 애쓰며 살아왔지만 정작 무무 씨와는 커플로 격이 맞지 않는다고 생각했던 내 안의 속물이 결국 나를 가장 비참하게 했던 셈이다.

무무 씨는 떠났다.

내게서, 영원히.

무무 씨가 떠났으니 이제 나마저 이 지상에

서 사라지면 그와 나의 이야기는 시간의 썰물에 흔적 없이 쓸려 갈 터였다. 그것이 당연한 일이고 내겐 그 이야기를 지킬 자격이 없다는 걸 잘 알면서도, 이제 와서 우리를 모르는 사람에게라도 무무 씨에 대해, 혹은 무무 씨와 나의 만남에 대해 알려주고 싶은 욕망이 이토록 강렬하게 생동한다는 게 나는 당혹스러웠다. 무참할 만큼. 더욱이 수연 씨는 무무 씨와 나의 공유지에 입국한 여행자일 뿐 그곳의 원래 주민에 대해 알 필요도, 그럴 의무도 없는 것이다.

공동 간병인이 다시 병실로 들어와 내 식판을 거둬 갔다.

김서아는 금세 옷을 갈아입은 뒤 또다시 외출했고 냉담한 눈길로 김서아의 동선을 좇던 최미숙은 고개를 절레절레 흔들며 침대에서 내려왔다. 그대로 잠들면 소화 안된다고, 정문까지라도 걷다 오자고 최미숙이 제안했다. 두통과 숨이 차는 증상으로 평소 침대를 벗어난 적이 거의 없는 그녀가 먼저 그런 제안을 한 건 처음이었지만 나는 다시 눕고 싶을 뿐이었다. 미안해요, 대답하는 내게 최미숙은 잘 때 자더라도 약은 잘 챙겨 먹으라는 말을 얹은 뒤 슬리퍼를 끌며 병실 밖을 나섰다.

혼자 남겨지자, 무무 씨와 처음 밤을 보냈던 그날이 다시 떠올랐다.

거의 뜬눈으로 아침을 맞은 나는 커피가 마시고 싶어 주방을 뒤졌지만 두무 씨의 집에 있는 건 인스턴트커피뿐이었다. 인스턴트커피 두 잔을 준비해서 다시 방으로 들어가자 무무 씨가 부스스 일어났다.

그는 내가 건넨 커피를 마시지 않고 한참 동안 내려다보기만 했다. 바짝 다가가 앉으며 무슨 생각을 하느냐고 묻자 그는 대답했다. 죽는 순간이 오면 그때 내가 타준 커피가 생각날 것 같다고, 입가를 올려 웃어 보이며. 마음이 실재한다는 것을 신기해하는 듯한, 내 눈엔 여전히 소년처럼 보이던 웃음…….

휴대전화가 울린 건 대학병원에서 받아 온 약과 진통제를 물과 함께 삼키고 있을 때였다. 액정 화면에 뜨는 함수연이라는 이름을 나는 가만히 내려다봤다. 선뜻 통화 버튼을 누르지 못한 채. 그러나 나도 알 수 없는 이유로 목이 멘 채로.

함수연

오모리가 나타났다.

　식탁에 앉아 입사 지원 서류를 제출한 세무소들 중에 면접 날짜가 확정된 곳을 정리하고 있을 때였다. 종아리로 털 뭉치의 온기가 전해져 휴대전화에서 잠시 눈을 떼고 발치를 내려다본 순간, 그곳엔 양평이가 아니라 새하얀 털과 분홍색 코, 까만 눈동자에 노란빛 눈자위를 가진 고양이가 앉아 있었다.

　오모리는 내 종아리에 제 머리를 여러 차례 부비적거리며 가르릉가르릉, 소리를 냈는데 양평이의 골골송보다 가늘고 톤이 높았다. 한 손을 뻗어 조심스럽게 그 작은 머리를 쓰다듬자 오모리의 이마와 귀가 유연하게 뒤로 젖혀졌다. 이 연약한 생명체가 나의 무해함을 확신하기까지 일주일 동안이나 숨어 있었다고 생각하니 그 인내가 대견하면서도 애잔했다. 양평이도 곧 모습을 드러냈다. 조금 전까지 안방 침대에서 잠들어 있던 양평이는 오모리와 내가 단둘이 비밀 회합이라도 한다고 여겼는지 냐옹냐옹, 울면서 다가왔고 내 손과 오모리 사이를 비집었다.

　나는 두 고양이를 최선을 다해 공평하게 쓰다듬으며 휴대전화로 틈틈이 사진을 찍었다. 장난감이 한데 모인 바구니에서 끝에 깃털이 달린 낚싯대를 꺼냈을 땐 고양이들의 눈동자와 코가 유독 반질거렸다. 다리가 다소 짧고 뱃살이 늘어진 양평이는 이내 굼떠지고 말았지만 오모리는 날쌘 몸놀림으로 몇 번이나 깃털을 낚아챘다. 오모리는 나이는 들었어도 건강한 고양이라는 김은희의 말이 충분히 증명된 셈이었다. 놀이 후 간식까지 알뜰히 먹은 고양이들은 각자의 몸뿐 아니라 서로의 머리와 목덜미도 정성스럽게 혀로 핥아주었다.

다시 식탁에 앉아 고양이들의 그루밍을 흐뭇하게 내려다보는 사이사이, 시선은 자꾸 김은희의 공책 쪽으로 향했다.

지난 일주일 동안 틈틈이 김은희의 공책을 들춰 보곤 했다. 호기심 때문이었는데, 김은희에게 허락을 받은 적 없다는 작은 죄책감은 은폐의 의도가 전혀 느껴지지 않는 공책의 놓인 자리가 무마해 주었다. 열 권의 공책에는 사진이라든지 다양한 사람들에게서 받은 엽서와 편지가 끼워져 있는가 하면, 병원 진료증과 처방전이 특정 날짜 페이지에서 발견되기도 했다. 가계부이자 일기, 기록관 역할을 하는 공책들을 훑어보다 보니 김은희의 삶이 점점 더 선명하게 그려지는 듯했다. 럭키타운에 들어오기 전 동준에게서 들은 김은희에 대한 정보— 한때 교사였다는 것, 동준과는 연구소에서 만났으며 젊은 시절엔 난소암 치료를 받았고 현재는 유방암으로 투병 중이라는 것, 그런 간략한 정보들이었다—너머의 구체적인 삶의 조각들이…… 궁금하긴 했었다. 한때는 공립학교의 정식 교사였던 그녀가 20년 가까이 최저임금도 보장되지 않는 비영리 연구소에 소속되어 학위와 무관한 공부를 하며 활동가로도 살고 있는 이유에 대해서라면.

공책의 앞 장마다 그녀는 이런 문장을 써놓았다.

나로 인해 세상이 바뀌지는 않겠지만 바뀌리란 그 믿음이 나를 살게 한다.

그 문장은 이상할 정도로 강력하게 동준을 떠올리게 했다. 지금껏 내가 제대로 이해한 적 없으며 이해하려 하지도 않았던 동준의 삶을…….

휴대전화의 화면을 껐다 켰다 하며 망설이다가 결국 동준에게 전화했다. 동준 덕분에 임시 거주지를 구했으니 식사를 대접해야겠다고 생각해오던 차였는데, 전화를 받은 동준은 그렇잖아도 같이 점심 먹을 사람을 찾고 있었다는 말로 내 방문을 반겼다.

정오 무렵 마포 지하철역 앞에서 만난 동준은 비싼 점심을 사겠다는 내 말에 호기롭게 앞장서더니 좁은 골목 끝에 위치한 국밥 식당으로 나를 데려갔다. 인권센터 사람들의 단골 식당이라고, 자신이 아는 한 가장 비싼 국밥이라고, 테이블에 앉자마자 내 쪽에 수저를 놓아주며 동준은 말했다. 물병과 컵을 가져다준 식당 할머니가 어쩐 일로 아가씨랑 단둘이 왔느냐고 묻자, 마치 우리 사이에 비밀이라도 있다는 듯 뒷목을 긁으며 말을 얼버무리는 동준을 나는 곁눈으로 설핏 쳐다보았다.

국밥을 먹는 동안엔 동준에게 슬쩍슬쩍 김은희에 대해 물었다. 가족은 없는지, 결혼한 적은 있는지, 법원에 드나들고 벌과금을 내야 했던 이유 같은 것도. 동준은 취조 왔느냐며 웃으면서도 김은희에게 어머니와 남동생이 있다고 알고 있지만 결혼은 한 적 없으며 법원이니 벌과금이니 하는 건 집회법 위반 때문이라고 알려주었다.

"집회법 위반?"

"장애인도 지하철 좀 편하게 이용하게 해달라고 시청역 승강장에서 집회를 연 적이 있거

든. 삼사 년 전이었나. 나도 그 집회에 참여했다가 은희 선배랑 같이 검찰에 송치됐고 똑같은 금액의 벌금형을 선고받았어. 벌과금으로 이백이 나오는 바람에 전과기록이 남게 됐고. 나야 뭐, 집회법 위반뿐 아니라 특수공무집행방해죄로도 예전부터 전과자이긴 했지만 은희 선밴 그때 처음 전과기록을 남기게 됐으니 충격은 좀 받았을 거야. 본인은 아니라고 했지만."

"그래서, 벌과금은 다 낸 거야?"

"다 냈지. 아니, 내려고 했는데 처음엔 좀 모자랐어. 다행히 전국의 장애인 단체들이 모금을 해서 금액을 채워줬고. 나랑 은희 선배 모두. 근데, 같이 집회 했던 장애인 몇 분은 그 돈 안 받고 노역으로 대체했어. 같은 처지의 장애인들이 어떻게 모은 돈인지 안다면서. 근데 말이야……."

동준이 잠시 숟가락을 내려놓더니 물컵만

물끄러미 들여다봤다.

"그때, 나도 유치장 들어가서 노역 살겠다는 말은 진짜 안 나오더라."

"……."

"한계지, 뭐. 한계가 있어, 이렇게."

"……그게 뭐냐?"

"……?"

"너는 그저 돕겠다고 나선 건데, 벌금형이니 전과니 그건 좀 너무한 거잖아. 년 화도 안 나니?"

최대한 침착하게 말하려 했지만 내 속은 난폭했다. 난폭하게 요동쳤고, 심지어 말하는 동안 점점 더 난폭해지는 것 같았다. 동준은 내게 낮술을 마시겠느냐고 묻고는 자리에서 일어나 냉장고에서 소주와 맥주를 한 병씩 꺼내 왔다. 그 사이 식당 할머니는 유리잔과 병따개를 우리 테이블에 갖다주었다.

"화나지, 어떻게 화가 안 나겠어?"

되물으며, 동준은 유리잔 두 개에 소주와 맥주를 섞어서 채웠다. 동준과 나는 곧 잔을 맞추고는 한 모금씩 술을 들이켰다.

그런 적도 있었다고, 동준이 다시 말을 이어 갔다.

동준이 인권센터에서 일한 지 1년쯤 되었을 때 휴대전화 부품을 가공하는 몇몇 공장의 노동자들이 일하다가, 혹은 일을 그만두고 몇 주나 몇 달 뒤부터 두통과 호흡곤란, 그리고 눈앞이 희미해지는 공통의 증상을 겪는다는 제보를 받게 됐다. 총 여섯 명이었는데, 그들 모두가 치료 중에 끝내 실명했다. 그 무렵 동준은 인권센터를 그만두고 고향으로 내려가 횟집 운영을 도우며 사는 것에 마음이 기울던 중이었다. 가난이든 장애든, 혹은 일하다 다치거나 죽는 사고마저도 개인이 감수해야 하는 무능이거나 불운일

뿐이라는 세상의 신념—그런 것도 신념이라고 표현해도 되는지는 모르겠어, 라고 그는 덧붙였다—은 너무도 견고했고 동준은 그 신념 아닌 신념과의 싸움에서 번번이 패배했다. 그의 패배는 딛고 일어나야 하는 시련도 될 수 없었다. 시련 끝에서 다시 싸움을 시작한대도 애초에 싸울 대상이 눈에 보이지 않았으니까. 동준은 구체적인 사람과는 싸울 의향이 없었던 것이다.

그때 노동연대에서 소개받은 노무사가 인권센터에서 꾸린 조사단에 합류했고, 그녀는 수많은 병원과 의사들을 찾아다닌 끝에 그 여섯 명의 노동자가 휴대전화 부품을 세척하는 업무를 수행할 때 메탄올에 중독되었다는 것을 밝혀냈다. 공장들이 에탄올 대신 값싼 메탄올을 사용하면서도 하나같이 제대로 된 공기정화장치와 특수 마스크, 보안경을 마련하지 않아 중독이 빠르게 진행되었다는 비참한 사실도 곧 드러

났다. 공무원 시험을 준비하면서 생활비를 벌기 위해 문제의 그 공장들 중 한 곳에서 일하다가 메탄올에 중독된 동준 또래의 여성 환자가 있었다. 노무사와 동준이 그 환자의 상태를 확인하러 병원에 갔을 때, 환자는 환자복을 걷어 올리고는 팔과 배를 피가 나도록 격렬하게 긁어대고 있었다. 극심한 가려움증은 약의 알레르기 반응이었는데, 믿기지 않은 건 환자가 아직 혼수상태였다는 것이었다. 의식도 없는 환자가 발작을 일으키며 제 몸을 긁고 있는 눈앞의 광경에 동준은 넋이 나가고 말았지만, 곁의 노무사는 침착하게 외투를 벗은 뒤 환자를 꼭 부둥켜안고는 환자의 몸을 계속해서 쓰다듬었다. 자신의 체온으로 가려움증을 가라앉히고 싶다는 듯, 괜찮아요, 괜찮을 거예요, 중얼거리며, 조금씩 흐느끼면서. 그녀는 함께 일하는 동안 감정 표현을 거의 하지 않았으므로 동준은 그녀에게 손수건을 건넬 생각도 하지 못한 채 그저 아득해졌다.

미안해서라고, 그날 노무사는 고백했다. 병원에서 나온 뒤 동준이 그 흐느낌에 대해 물었을 때였다. 아픈 사람들에게 미안할 뿐이라고, 그들의 아픔에 내 탓이 있는 것만 같다고, 노무사는 말을 이어갔다. 노무사의 말은 동준을 마음 밑바닥부터 흔들었다. 활동가의 삶을 선택한 이유가 모두 그녀의 말에 깃들어 있었는데, 정작 동준은 그 단순한 진심을 잊고 살아왔던 것이다. 그동안의 패배감은 그저 회피의 빌미가 되었다는 것도 동준은 투명하게, 한 줌 의문 없이 투명하게 깨달을 수밖에 없었다.

"그때 나, 메탄올 중독 피해를 알리기 위해 정말 열심히 일했어. 지방 언론사까지 안 가본 데가 없을 정도로. 그 일만큼은 후회가 남지 않게 하고 싶었거든. 결과적으로 여섯 분 모두 산업재해를 인정받았어. 그 소식을 들으니까 좀 살 것 같더라. 공론화가 되었으니 비슷한 사고는 적어도 일어나지 않겠지. 아니, 그럴 거라고, 메탄올 따위로 시력을 잃고 몸이 마비되는 사람은 더 이상 나타나지 않을 거라고 믿을 수밖에 없어, 난."

"……."

"그렇게 믿어야 내가 사니까."

"……비슷하다."

"뭐가?"

묻는 동준에게, 나는 김은희의 가계부 공책 앞 장마다 적힌 문장을 일러주려다 그만두었다. 세상이 바뀌지 않더라도 바뀌리란 믿음을 저버리지 못하는 마음에 대해서라면 나보다는 동준이 수만 번은 더 품어봤을 테니까. 대신 그의 선택을 받지 못한 횟집 직원의 삶, 언젠가는 사장으로 승격할 가능성이 높은 그 삶에 미련이 없느냐고 되묻자 동준은 그 어느 때보다 크게 웃었다.

"어차피 그 자리는 내 게 아니었어. 우리 가게가 말이야, 경기 타면서 조금씩 기울더니 코로나 시국을 지나면서 완전히 망했거든."

말하며, 동준은 비워진 내 잔에 맥주와 소주를 적당한 비율로 다시 따랐다.

식당에서 나올 때쯤 동준과 내 얼굴빛이 조금은 붉어져 있었다. 다시 사무실로 돌아가야 하는 동준이 걱정되어 테이크아웃 커피를 사서 건넸다. 동준은 커피까지 얻어 마셨으니 다음엔 럭키타운 근처에서 자신이 밥을 사겠다고 말했고 나는 그러든지, 짐짓 시큰둥하게 대꾸했다.

"근데 럭키타운 있잖아, 은희 선배 전에 그 집에 살던 분이 있었는데, 선배가 무슨 말 안 했어?"

지하철역으로 같이 걸어가는데 동준이 그렇게 물었다. 순간, 양평이가 떨어뜨렸던 사진 속에서 성실하게 웃던 남자의 얼굴이 자동으로 떠올랐지만 나는 알은체하지 않았다.

"그분이랑 은희 선배는 아마 만나는 사이였을 거야. 그분이 살던 집으로 들어가 그분의 고양이들까지 키우며 사시는 거 보면. 아니, 그전부터 눈치는 챘어. 꼬치꼬치 묻진 않았지만. 나뿐 아니라 연구소 사람들 다."

"……그럼, 그분은 지금 어디서 살아?"

"2년 전에 심장마비로 돌아가셨어. 그 집에서 혼자. 폐가 안 좋다고 했으니까 그 영향도 있었을 거야. 돌아가신 지 3일 만인가 4일 만인가, 은희 선배가 발견하고 바로 신고해서 그나마 시신은 깨끗한 편이었어. 다행인 건 그거 하나, 그뿐이었지."

"……."

"근데 그분 장례식장에서 본 선배 얼굴이 잊히지 않아. 은희 선배한테 그렇게 쓸쓸한 얼굴이 있는 줄 그때 처음 알았어. 아니, 살면서 그런 얼굴을 지금까지 본 적이 없어. ……은희 선배라도 건강해지면 좋겠어. 내가 할 수 있는 건 기도밖에 없지만. 너도 해주라."

"응? 뭘?"

"은희 선배 빨리 낫게 기도해 달라고."

"그래, 그럴게. 무교지만."

"그건 나도 그래."

그 말을 끝으로 동준과 나는 동시에 짧게 웃었고, 웃음 끝에서는 이유도 모른 채 조금은 슬픈 눈빛을 주고받았다.

우리는 지하철역 계단 앞에서 작게 손을 흔들며 헤어졌다. 럭키타운으로 돌아가는 길에는 마트에 들러 두부와 계란, 호박과 파를 샀다. 라면과 레토르트식품이 지겹기도 했고 김은희의 집에 머물기로 한 앞으로의 시간 동안 조금은 더 인간적으로 살아야겠다는 생각이 들어서이기도 했다.

　현관문을 열자 문 앞에 오도카니 앉아 있는 오모리가 가장 먼저 눈에 들어왔다. 오모리는 도어록의 번호 입력 소리에 내 귀가를 눈치채고는 현관으로 마중을 나와 있었건 것이다. 주저앉은 채 오모리의 머리를 쓰다듬자 어디선가 나타난 양평이도 내 다리에 무디지 이마를 부딪치며 다정한 인사를 건넸다.

　상상이 됐다.

　애인이 죽은 빈집을 혼자 찾아온 김은희에게 고양이들이 얼마나 뜨거운 위로가 되었을지. 아니, 위로를 넘어 살아야 하는 이유가 되어주었을 것이다. 빈 그릇에 채워진 사료와 물을 흡입하는 고양이들을 보며 그녀는 가까스로 정신을 차렸을 것이고, 배고픔과 목마름을 해결한 고양이들이 그녀에게 다가와 애정을 표현할 때는 비로소 슬픔이 희석되는 걸 느꼈을 테니까.

고양이들에게 간식을 챙겨주고 식료품을 냉장고에 적당히 넣은 뒤 해변 일러스트가 프린트된 엽서들 앞에 섰다. 자세히 보니 엽서들 중엔 필름 카메라로 찍어 인화한 사진도 한 장 있었다. 사진 속 여자—얼굴이 정면으로 찍힌 건 아니지만 그 여자는 김은희일 터였다—는 해변을 걷는 중이었는데, 하늘색 민소매 원피스 차림이었고 뒷짐 진 손에는 베이지색 샌들이 들려 있었다. 어느 여름, 적어도 그때까지는 지상에 발자국을 남길 수 있었던 남자는 건강한 시절의 김은희를 먼발치에서 카메라에 담으며 또 그렇게 성실하게 웃었을까.

그 저녁, 나는 김은희에게 전화했다.

처음엔 그저 가계부 공책을 훔쳐본 것을 사과하고 싶었다. 공책 안의 세세한 기록과 서류, 사진을 보며 한순간이나마 당신의 인생을 다 알아버린 것처럼 생각한 데 대해. 아니, 그저 양평이와 오모리를 화제로 아무 말이나 떠들고 싶었는지도 모르겠다. 양평이의 얼룩무늬는 지구에 없는 어떤 대륙의 지도 같다는 말, 혹은 오모리의 눈자위는 단순한 노란색이 아니라 호박(琥珀)이 연상될 만큼 신비롭다는 말 같은. 어쩌면, 그도 아닐 것이다. 나는 그저 알고 싶었다. 나로 인해 세상이 바뀌지는 않겠지만 바뀌리란 그 믿음이 나를 살게 한다, 라는 문장이 정말로 그녀를 지탱해 주었는지, 가난과 외로움, 때로는 세상의 오해와 무시를 넘어서는 보상이 되었는지…….

몇 번의 신호음이 지난 뒤 김은희의 목소리가 들려왔다. 막상 통화가 연결되자 나도 모르게 당황했는지 죄송해요, 라는 말부터 불쑥 해 버렸고 뒤늦게 가계부 공책을 보았다고 고백했다. 김은희는 괜찮다고, 누가 봐도 상관없는 정도의 기록일 뿐이라며 웃었다. 어색함은 없었다. 아니, 편안하기까지 했다.

나는 그저, 김은희가 조곤조곤 들려주는 이야기에 가만히 귀를 기울이기만 하면 되었으니까.

목적 없는 통화는 처음이었는데도—럭키타운에 들어오기 전의 통화는 서로의 정보를 주고받기 위해서였다—우리는 간간이 함께 웃기도 했다. 통화를 마친 뒤엔 김은희에게 오전에 찍은 양평이와 오모리 사진을 보냈는데 그녀는 사진에 하트 이모티콘으로 답장했다.

커다란 하트를, 나는 오래 들여다봤다.

김은희

샤워를 끝내고 수건으로 몸을 닦는 내내 나는 세면대 거울을 회피했다. 항암 치료가 마무리되면 암세포가 번진 오른쪽 가슴 전체를 완전히 절제하는 수술을 받아야 한다고 했던 의사의 통보를 새삼 되새기고 싶지 않았다. 의사는 왼쪽 가슴 역시 예방 차원에서 절제하는 것을 고민해보라고도 했는데, 내게는 유방암 발병과 연관된

고위험 유전자가 있어서라고 했다. 그날 의사는 가슴 절제 수술 뒤 재건 수술을 받겠느냐고도 물었지만 바로 대답하지는 못했다. 가슴이 없는 몸이라든지 성형으로 새 가슴을 만드는 것에 대해서라면 특별히 생각해 본 적이 없었으니까.

 똑같은 진료실의 똑같은 의자에 앉아 똑같은 의사에게서 유방암을 선고받은 이른 봄날이 연이어 떠올랐다. 그날 나는 두 눈을 크게 뜨고 연신 고개를 끄덕이며 조직검사 결과가 프린트된 차트와 컴퓨터 화면을 열심히 번갈아 봤지만, 사실은 내게 닥친 일을 실감하지 못했다. 병원 정문을 지나면서 마른 나뭇가지 끝이 틔운 연둣빛 싹을 올려다볼 때에야 비로소 두 번째 암의 의미를 깨달았다. 이제부터 내가 보는 모든 풍경이 내 삶에서는 마지막일지도 모른다는 깨달음……. 손바닥을 쫙 펴서 바람의 결을 느끼며 ― 최대한 느끼기 위해 의식하며 ― 계속해서 걸었다. 어느 순간부터 혼자 아픈 내가 미워지기 시작했다. 더 이상 아프고 싶지 않았고 아프지 않기 위해 애썼는데도 또다시 암 선고를 받은 내 몸이, 처음 아팠을 때보다 더, 훨씬 더, 견딜 수 없이 미웠다.

속옷을 챙겨 입기 전, 항복하듯 고개를 들어 거울 속 나체를 바라봤다.

낯설었다. 대충 치댄 밀가루 반죽처럼 여기저기 군살이 불거져 나오고 머리칼은 바짝 밀린—네 번째 항암 치료를 받기 전 결국 나는 미용실에 가서 머리칼을 밀었다—모습은 내가 머릿속으로 인식해온 내 얼굴, 내 몸과는 분명히 거리가 멀었다. 두 개의 가슴마저 사라지면 내 몸은 훨씬 더 낯설어질 터였다. 반은 노인 같고 반은 아이 같은 몸, 다시는 다른 사람의 체온으로 덥혀질 리 없다는 확신으로 가난해질 몸…….

환자복까지 꿰입고 화장실에서 나오자 텅 빈 침대들만 보였다. 김서아는 일주일 전 퇴소했는데, 퇴소 직전 다시는 아프지 말라는 최미숙의 말 한마디에 그 자리에서 얼굴이 빨개지도록 오열했었다. 김서아가 떠나자 저런 애기랑 싸웠다니 나도 참, 하며 최미숙은 허탈하게 웃었고 곁에 서 있던 나도 따라 웃고 말았다. 최미숙의 침대도 비어 있는 건 뜻밖이긴 했다. 아침 일찍 대학병원으로 담당의를 만나러 간 최미숙이 저녁 식사 시간이 지날 때까지 돌아오지 않았다는 건 그리 좋은 징조가 아니어서 마음이 무거웠다.

병실을 가로질러 창가 쪽 내 침대에 앉아 하염없이 허공을 건너다보는데, 휴대전화의 메시지 도착음이 들려왔다. 수연 씨였다. 보름 전의 통화 이후 수연 씨는 틈틈이 양평이와 오모리의 사진을 보내왔고 내 컨디션에 대해 묻기도 했다. 사진을 보면 고양이들이 수연 씨에게 완전히 의지하게 되었다는 걸 알 수 있었다. 특히 오모리의 변화가 놀라웠다. 오모리는 발견되었을 당시 뒷다리 하나가 골절된 상태였고 꼬리 끝엔 불에 그슬린 흔적이 있었는데, 그래서인지 유독 사람을 무서워하고 경계했다. 그런 오모리가 무무 씨와 나 외의 다른 사람에게 연약한 배를 드러내는가 하면 꼬리를 만지는 것도 허락하는 모습이 다행스러우면서도 신기하기까지 했다.

무무 씨는 한겨울에 떠났다.

그 무렵 연구소에서 출간될 책의 막바지 작업에 몰두해 있던 나는 사흘 동안 그와 메시지조차 주고받지 않았다는 것을 크게 의식하지 못한 채 하루하루 정신없이 보내고 있었다. 나흘째가 되어서야 통화를 시도했지만 그는 전화를 받지 않았고, 저녁 무렵 럭키타운 402호로 찾아갔을 때 그는……

작별의 입맞춤 없이, 온 생애를 통해 증류된 진심의 당부 한마디 남기지 않은 채, 심지어 탁한 단맛의 인스턴트커피 한 잔 나눠 마실 여유도 없이 이미 긴 여행을 떠난 뒤였다.

이튿날 마련된 무무 씨의 빈소에 나는 연구소 사람들과 함께 손님으로 갔다.

영정 앞에서는 상주인 그의 아들과 맞절을 했고 접객실로 자리를 옮긴 뒤엔 그에게 한때의 아내였던 여자가 육개장과 편육, 동그랑땡과 떡, 진미채와 땅콩과 과일을 상 위에 반듯하게 올려놓는 걸 가만히 지켜봤다. 무무 씨의 가족사진을 얼핏 본 적이 있었으므로 나는 그의 아들뿐 아니라 전처도 한눈에 알아볼 수밖에 없었다.

나는 동준 씨와 금희 님, 여주 님의 대화를 건성으로 들으며 손님이 들고 날 때마다 침울해지기도 하고 살짝 미소를 짓기도 하는 젊은 남자—그는 외가에서 서운해할 정도로 무무 씨와 꼭 닮아 있었다—와 무무 씨를 평생 사랑하겠다는 서약을 한 적 있는 내 또래의 여자—그녀 외에도 무무 씨의 누나들로 짐작되는 서너 명의 여자들이 검은 상복을 입고 있었는데, 그녀가 가장 열심히 손님을 맞았다—를 흘끗흘끗 훔쳐보는 데 온 정신을 집중했다. 도무지 멈출 수가 없었다. 그들의 모습을 머릿속에 각인하려는 맹목적인 욕망은 비대해지기만 할 뿐 제어되지 않았으니까. 누군가 내 빈 잔에 맥주를 따라줄 때에야 문득 주변을 둘러보니 하나같이 검은색 옷을 입은 사람들이 식사를 하거나 담소를 나누고 있었고 그 생경한 풍경에 나는 깜짝 놀랐다. 내가 있는 곳이 무무 씨의 장례식장이며 이제 다시는 무무 씨와 만날 수 없고 그 몸을 만질 수도 없다는 것을 그제야 깨달았다는 듯이. 마치 한참을 걸어간 뒤에야 실금이 난 언 강물 위에 서 있다는 걸 알아챈 사람처럼.

　　동행한 사람들이 이제 그만 돌아가자고 말한 건 접객실에 머문 지 두 시간 정도가 지났을 때였다. 그 말에 나는 반사적으로 자리에서 벌떡 일어났고 얼결에 빈소를 나온 뒤에도 내가 어디에서 왔고 어디로 가려 하는지 의식하지 못한 채 사람들의 뒤꿈치만 보며 종종걸음을 쳤다. 버스 정류장에 도착한 우리 네 사람은 진한 입김을 내뱉으며 버스의 도착 정보를 알리는 전광판만 말없이 올려다봤다. 금희 님과 여주 님이 탑승할 버스가 가장 먼저 왔다. 그들은 여러 감정이 일렁이는 눈동자로 나를 바라보며—돌이켜 보면 그 두 사람은 무무 씨와 나의 관계를 이미 눈치챘던 듯하다. 아니, 내가 럭키타운 402호로 들어가 살기 전부터 연구소와 인권센터 사람들 모두 그것을 알고 있었는지도 모르겠다—한 번씩 내 손을 잡아준 뒤 버스를 타고 떠났다. 내가 사는 동네에 가 닿는 익숙한 번호의 버스도 곧 도착했지만 나는 탑승하지 않았고 동준 씨를 먼저 버스에 태워 보냈다. 버스 뒷좌석에 앉은 동준 씨는 몸을 뒤로 돌리고는 네모난 창으로 오래오래 내 쪽을 보았고 나는 그가 시야에서 사라질 때까지 작게 손을 흔들어주었다. 어느새 혼자 남은 나는 내가 놓친 똑같은 번호의 버스가 지나가고 또 지나가는데도 같은 자리에 선 채 빈 주머니만 계속해서 뒤적였다. 주머니에서 잃어버린 줄 알았던 무언가를 발견하고는 몹시 기뻐한 어린 시절을 떠올리기라도 했던가. 아니, 나는 그때 그 무엇도 생각하지 않았다.

나는 아무것도 아니었다.

그날 저녁, 나는 럭키타운 402호로 갔다.

소파에 나란히 누워 잠들어 있던 양평이와 오모리는 내 기척에 눈을 뜨고는 다가오긴 했지만 추위와 배고픔에 지쳤는지 ─ 무무 씨가 쓰러진 날부터 고양이들은 방치되었던 셈이다—몸짓이 굳었다. 바로 보일러를 켰고 텅 빈 사료 그릇과 물그릇을 채워주었으며 고양이용 화장실을 청소했다. 고양이들이 배를 채우고 목을 축이는 모습을 지켜보다가 나는 무무 씨가 아무도 몰래 혼자 임종을 맞은 침대로 올라갔다. 그의 체취가 아직 남은 베개를 베자 실컷 먹고 마신 고양이들이 차례로 침대 위로 올라와 내 곁을 지켜주었다. 졸음이 밀려왔다. 베개가 구름으로 만들어졌다 해도 믿길 만큼 온몸이 금세 나른해졌다.

무무 씨의 삼일장과 발인이 끝날 때까지, 그 후로도 며칠 동안, 나는 그 집에 머물며 고양이들의 끼니를 챙겨주었다. 나는 고양이들과 이전보다 더 끈끈한 가족이 되어갔고 그것, 그러니까 내게 가족을 만들어준 것이 무무 씨가 나를 위해 마련한 마지막 선물임을 천천히 깨닫

게 됐다.

구산동 집의 전세금을 빼서 럭키타운 402호를 매입할 때도 내가 내건 조건은 단 하나, 고양이들이었다. 그렇잖아도 고독사 사건이 생겨 최대한 빨리 집을 처분하고 싶어 했던 그 집의 임대인은 임차인의 가족, 그러니까 무무 씨의 아들에게 고양이들을 거두고 싶다는 내 뜻을 바로 전달했고 그쪽에서도 수락의 의사를 보내왔다. 무무 씨의 아들은 아버지의 시신을 발견한 여자가 아버지가 살던 집을 매입하고 고양이들까지 책임지겠다는 데에 여러 생각을 했겠지만 그 무엇도 확인하고 싶지 않다는 듯 나를 따로 만나러 오지는 않았다. 매매계약서를 작성한 날 그 집에 묶여 있던 무무 씨의 전세금은 그에게 온전히 이전됐고, 그것으로 모든 것은 정리됐다.

눈을 떴다.

잠든 줄도 모른 채 잠든 동안, 내 손에 들린

휴대전화엔 수연 씨가 보낸 고양이 이모티콘이 고요하게 반짝이고 있었다. 형광등이 꺼져 있어서 아주 깊은 밤인 줄 알았는데 시간을 확인하니 고작 9시 무렵이었다. 잠들기 전 처방약을 수면제와 함께 복용했는데도 두 시간여 만에 눈이 떠지고 만 것이다. 그때 어둠 속에서 작은 파문이 일더니 한 사람의 실루엣이 서서히 드러나기 시작했다. 스탠드 조명을 켜자 침대에 꾸부정히 걸터앉은 최미숙이 보였다. 최미숙은 나체는 아니었지만 설혹 그녀가 나체 상태로 발견되었다 해도 나는 그리 놀라지 않았을 것이다. 최미숙은 치매와 무관하다는 걸, 벌거벗은 자신의 몸을 내려다볼 수밖에 없어서 그랬을 뿐이란 걸, 젊은 김서아는 내 나이가 될 때까지 결코 이해하지 못하리라.

"나 때문에 깼나 보네. 우리 같은 사람들한텐 잠이 약인데, 벌써 깨면 어떡해."

내 기척을 느꼈는지 최미숙이 중얼거렸다. 시선은 여전히 자신의 발끝에 둔 채였다.

"……병원에서 무슨 말, 들은 거예요?"

"나, 다음 주에 여기서 나가."

대답하며, 그제야 최미숙은 내 쪽을 바라보았다. 목소리는 차분했지만 소용돌이치듯 격동하는 그녀의 감정은 그대로 전해지는 듯했다.

"우리 애들이 지금 내가 들어갈 만한 호스피스 병동을 알아보는 중이야."

"무슨 말씀이세요, 그게?"

"약에 내성이 생겨서 이제 더 어떻게 할 도리가 없다네. 뼈에 전이가 돼서 통증이 더 심해질 거라고도 하고. 아니, 제정신으로 가만히 앉아 있는 것마저 곧 힘들어질 거라고 그러데? 길어봤자 두세 달이래. 온갖 진통제에 취해 몽롱해 있다가 몽롱한 채로 죽나 봐. 그렇게는 죽기 싫었는데. 그것만은 진짜 싫었다, 나."

"……."

"최미숙이 두세 달 후면 한 줌 재가 된다니, 그게 믿겨? 재라니, 기껏 재가 되려고 그 고생을 다 한 거야? 내 몸이 먼지처럼 쓱 치우면 사라져버리는 재가 된다는 게, 대체 뭐야. 그게 뭐냐고. 응? 으응!"

돌연 목소리를 높인 최미숙이 곧 어깨를 들썩이며 흐느끼기 시작했다. 나는 침대에서 내려가 그녀 곁에 가 앉았고 가만히 그녀의 한쪽 손을 쥐고는 내 뺨에 갖다 대었다. 우리에게 아직 체온이 남아 있음을 잊지 않게 해주는 것, 지금 내가 그녀에게 해줄 수 있는 건 그뿐이었다.

그녀는 흘러내리듯이 침대 위로 쓰러졌다. 나는 깨지기 쉬운, 언젠가는 깨질 것이 확실한 유리 항아리를 다루듯 조심스럽게 그녀를 침대에 눕히고는 이불로 꼼꼼히 덮어주었다. 자기는 나아. 깨끗이. 알겠어? 최미숙이 무서울 정도로 엄숙한 표정으로 날 올려다보며 당부했다. 깨끗이 나아서 한 번이라도 더 해. 그거, 알지? 어둠 속에서 우리는 잠시 침묵했고 침묵 끝에서는 동시에 웃었다. 우리의 웃음소리는 서서히 어둠에 밀봉되어 갔다. 나는 어린 딸을 재우듯 최미숙의 머리칼을 여러 번 쓰다듬어 주었다.

최미숙이 잠든 뒤에야 나는 내 침대 쪽으로 걸어가 환자복을 벗고 외출복으로 갈아입었다. 잠은 다시 오지 않을 터였다. 오늘만큼은 아프지 않은 사람처럼 여름밤의 거리를 활보하고도 싶었다. 두건까지 눌러쓴 채 요양병원을 나서자 뜨거운 대기가 훅 밀려들었다.

열대야를 맞은 거리는 사람들로 북적였다. 갈 곳이 분명해 보이는 그들 속에서 어디로 가야 하는지 결정하지 못한 사람은 나뿐이란 생각이 들자 처음의 호기는 금세 사라지고 저절로 몸이 움츠러들었다.

순간, 해변이 떠올랐다.

버스로 다섯 정거장 떨어진 거리에 무무 씨와 나의 해변이 그대로 남아 있으니 아픈 몸으로라도 두 시간 정도 걸으면 해변에 닿을 수 있는 것이다.

언젠가 무무 씨에게 무인 빨래방을 해변으로 삼자고 할 만큼 해변을 좋아하는 이유가 뭐냐고 묻자 그는 해변이 아니라 해변의 조개껍데기에 대해 이야기했다. 자세히 들여다보면 조개껍데기는 저마다 다른 무늬로 정교하게 조직되어 있다고, 똑같은 무늬의 조개껍데기는 발견한 적 없다고, 외로워질 때면 조개껍데기의 무늬를 설계한 절대적인 존재를 믿고 싶다고도 했다. 하지만 해변에 머무는 동안만 그 믿음을 간직하고 싶다고 그는 이내 정정하듯 덧붙였다. 해변 밖에서도 그런 믿음이 계속된다면 누군가의 병과 가난과 절망을, 보이지 않고 목소리도 없으며 손길도 갖고 있지 않은 그 절대적인 존재 탓으로 돌리게 될 테니까.

서글픈 투항만 남을 테니까.

체육센터에서 오래전 학생의 학부모와 마주쳤던 그날, 나는 저녁에 해변으로 무무 씨를 불러냈고 그 앞에서 결국 울음을 터뜨렸다. 내가 쏟아내는 하소연을 가만히 듣고만 있던 무무 씨가 어떤 사람은 선택하지 않아도 가난해요, 라고 말한 건 내 울음이 잦아들 무렵이었다. 나처럼요. 무무 씨는 덤덤히 덧붙였고 그 순간 나는 가상의 손에 뺨이라도 맞은 듯 날카로운 부끄러움을 느꼈다. 함께 시골로 내려가기 전까지는 우리의 관계를 비밀로 하고 싶다는 내 말에 그가 어둡게 빛나는 눈동자로 나를 바라보며 그래요, 그렇게 해요, 라고 말했을 때도, 돌아보니 그 비슷한 질감의 부끄러움 속에서 나 혼자 얼굴이 화끈거렸었다.

내 부끄러움은 결국 나를 구원해주지 않았다. 부끄러움은 내 안의 속물을 일시적으로만 가려주었을 뿐, 내가 사랑하는 사람도 지켜주지 못했다.

무무 씨를 다시 만난다면 나는 말하고 싶었다. 당신이 떠난 뒤 해변이 더 좋아졌다고, 왜냐하면 해변은 바다의 입구이고 바닷속엔 그 끝을 알 수 없는 깊은 심연이 있으니까. 누구라도 해변을 통해 완전한 절멸이 가능한 심연까지 도달할 수 있을 테니까.

그리고, 그 심연에 당신이 있으니까.

심연으로 숨은 무무 씨, 그렇게 중얼거리자 금세 눈물이 차올랐다. 내 곁을 스쳐 가는 사람들이 수시로 눈물을 훔치는 나이 든 여자를 흘끗거리는 게 느껴졌지만 나는 걸음을 멈추지 않았다. 오늘 안에 나는 북경과 리스본, 그 건너편의 삿포로와 바릴로체, 뉴욕과 피닉스 사이에 있는 캄차카반도를 지나 여름밤의 해변에 도착해야 한다는 생각뿐이었다. 춥지도 않고 외롭지도 않은 곳, 언제나 우리를 보듬어 주었던 우리의 해변…….

뒤늦게 약기운이 밀려왔다. 잠깐 눈을 붙이면 병도 가난도, 절망조차 없는 곳이 펼쳐지겠지만 그곳은 아직까지는 해변보다 먼 곳에 있으리라.

그 사실이 다시 나를 걷게 했다.

정신을 차리고, 나는 한 걸음 한 걸음 힘주어 내디뎠다.

함수연

차르르 착착, 혹은 위이이잉, 하는 세탁기의 기계음은 아무리 들어도 파도 소리와는 거리가 멀었다. 파도와의 공통점은 규칙성뿐인 듯했지만, 그래도 나는 잠시 눈을 감은 채 파도 소리를 상상하기 위해 정신을 집중했다.

서류가 통과된 세 군데의 세무소 중에서 마지막으로 면접을 본 곳마저 불합격 통보를 보내온 날이었다. 또다시 구인 사이트를 뒤적이며 입사 지원 서류를 새롭게 다듬는 과정은 생각만으로도 나를 지치게 했고, 다시는 급여를 받는 삶으로 돌아가지 못할지 모른다는 막연한 두려움은 초원빌라보다 더 형편없는 거주지를 떠도는 미래의 내 모습으로 구체화됐다. 그런 날엔 대청소를 하든지, 아니면 이불 빨래라도 해봐. 낮에 전화를 걸어온 동준은 내 소식을 듣자 그렇듯 엉뚱한 조언을 했다. 전혀 도움이 안 되는 조언이라고 투덜댔지만, 저녁 무렵 나는 그동안 무임으로 써온 김은희의 침대 커버와 베갯잇, 그리고 이불을 에코백 두 개에 꼭꼭 눌러 담은 뒤 럭키타운을 나섰다. 건조기에서 갓 꺼낸 이불의 온기가 새삼 그리웠고, 지난번 통화 때 김은희가 해변으로 삼았다던 빨래방에 한 번은 가보고 싶기도 했다.

머리칼을 질끈 묶고 슬리퍼를 끌며 워시토

피아에 도착했을 때 다른 이용객은 없었고 네 대의 대형 세탁기와 두 대의 건조기는 모두 비어 있었다. 일단 세탁기에 가져온 빨랫감을 넣어 작동시킨 뒤 한쪽에 마련된 자판기에서 아이스커피 버튼을 눌렀다. 빈 종이컵에 얼음이 떨어지는 소리가 맑은 음으로 부서졌다.

마포의 국밥 식당에서 김은희에 대해 적지 않은 정보를 접한 뒤 통화까지 하게 된 그날, 휴대전화 너머에서 그녀는 내게 럭키타운 402호의 특별함을 알려주고 싶어 했다. 캣타워와 그 옆의 앙증맞은 의자가 수제품이라는 것, 선캐처에 달린 조개껍데기는 순긋이라는 이름의 해변에서 직접 주워 왔다는 것, 고양이들은 양평 해장국 주차장과 쓰레기 더미 사이 오모리라면 박스에서 발견되었으며 그 작은 내력이 그대로 이름이 되었다는 것, 그런 것들을……. 그녀의 설명을 들으며 나는 그 모든 특별함이 한 사람과 연관되어 있을 거라고 짐작했다. 럭키타운 402호의 이전 거주자, 가계부 공책에서 떨어진 사진 속 남자, 준비를 허락하지 않은 갑작스러운 죽음으로 김은희의 마음을 아프게 했다는 바로 그 사람이 캣타워와 의자를 만들었을 것이고 그녀와 해변을 걸으며 조개껍데기를 주웠을 것이며 양평이와 오모리를 구조했을 터였다. 워시토피아도 마찬가지였다. 그녀는 워시토피아에 빨랫감도 없이 자주 앉아 있곤 했다고, 그곳에서 통창 너머 거리를 건너다보는 동안 해변을 상상했다고 웃으며 말했다. 참 시시한 착각이죠. 쑥스러워하는 목소리로 덧붙이며. 빨래방이 해변이 될 때도, 그녀 곁에는 분명 그녀의 연인이 있었으리라.

커피를 들고 통창 앞 스툴에 앉았다.

김은희와 그녀의 연인은 이곳에서 창밖을 보며 무슨 이야기를 했을까. 합성세제 냄새가

진하고 세탁기와 건조기의 작동음으로 소란한 빨래방에서 밤늦게까지 머물던 가난한 그들은. 김은희를 실제로 본 적은 없지만, 그녀의 고독한 삶을 닮은 럭키타운 402호에 머문 지 한 달이 넘어가면서 그녀에 대해 골똘히 생각해 보는 시간도 점점 늘고 있었다. 그 어느 때보다 자주 통화하게 된 동준은 내 이야기를 듣더니 연인을 잃고 두 번째 암 투병 중인 김은희는 지금 세상에서 가장 고독한 사람 중 한 명이 맞다고, 혼자서는 감당하기 힘들 거라고, 자신의 말을 들어준 것만으로도 김은희는 고마워할 것이며 그 시간을 잊지 못할 거라고 확신했었다.

아이스커피를 마시며 휴대전화로 드라마 한 편을 보자 세탁은 끝났다. 빨랫감을 건조기에 넣고 작동 시간을 50분으로 맞춘 뒤 나는 워시토피아에서 나왔다.

목적지 없이 마냥 걷다 보니 큰길이 나왔다.

편의점에서 산 멜론 맛의 아이스크림을 한 번씩 베어 먹으며 다시 럭키타운 쪽으로 방향을 잡았다. 북경반점 앞에 잠시 멈춰 선 채 리스본 호프 야외 테이블에서 맥주를 마시는 사람들을 바라보았고, 길을 건너 삿포로 라멘과 바릴로체 카페를 연이어 지나갔다. 오르막길을 걷는 동안엔 뉴욕 맨션과 캄차카 모텔, 피닉스 고시원을 눈여겨보기도 했다. 김은희는 버스 정류장에서 럭키타운까지 걷는 동안 여러 지명이 들어간 간판들을 구경하곤 했다고, 간판들이 그 길을 늘 특별하게 해주었다고도 말했었다. 김은희의 말을 들은 이후부터 내게도 럭키타운 근처는 여러 지역이 국경 없이 뒤섞인 가상의 작은 세계처럼 느껴지고 있었다.

일주일 전 동준과 앉아 있었던 교회 옆 놀이터에 발길이 저절로 닿았다.

그날 동준은 내게 전화를 걸어와서는 외부

회의로 광화문에 나갔다가 귀가하는 지하철에서 충동적으로 하차했는데 하필 그 역이 럭키타운 근처라고 말했다. 뻔뻔한 거짓말을 진지한 목소리로 전해서 머쓱해지고 말았다. 올해 첫 태풍이 예고되었던 그 저녁, 하늘은 잿빛 구름으로 가득 찼고 사선으로 부는 큰바람은 그 안에 근육이라도 숨겨져 있는 듯 더위로 응고된 대기를 맹렬하게 흩뜨렸다. 거리를 걷는 사람들의 머리칼과 상점의 천막 차양, 나뭇잎과 풀잎은 그런 바람과 고투하며 세차게 펄럭였다.

동준과 나는 놀이터 벤치에 나란히 앉아 그야말로 쉴 새 없이 떠들었다. 우리에게 나눌 말이 그렇게나 많았다는 것이 신기할 정도였다. 그날 우리의 대화에는 16년 전의 여름, 그가 내게 전화를 걸어와 아이처럼 울어버렸던 일화도 포함되어 있었다.

동준은 말했다.

그 여름 동안 자신은 다른 사람이 된 게 맞다고, 주체할 수 없는 배신감이 세상의 전부였던 그 밤에 내가 전화를 받아주어 적어도 외롭지는 않았다고 했다.

"나한테 전화해서 운 거, 그러니까 다 기억하고 있다는 거네."

"그런 적은 처음이고 그 이후에도 없어. 어떻게 기억을 못 하겠냐?"

"그럼 이제 설명해 봐. 그띠 왜 하필 나한테 전화한 거야?"

"그야……."

"……."

"그야, 그때는 기대고 싶은 사람이 너밖에 없었으니까."

"……뭐?"

"그냥 그랬다고. 너한테 온전히 이해받고 싶었다고. 근데, 그때 너 나한테 무슨 말을 했는지,

기억은 해?"

물론 기억하고 있었지만, 나는 너무도 빨리 붉어지는 동준의 귓바퀴를 흘끗거리느라 제대로 대꾸를 못 했다.

해고 없이 같이 살 수 있는 방법을 고민해보자는 사람들과 그들을 도우러 온 대학생들한테 국가는 자비가 없었다고, 짧은 침묵 뒤 동준은 다시 말을 이어갔다. 물과 전기, 음식과 구급약을 모두 차단한 채 경찰은 헬리콥터를 띄워 최루액을 뿌렸으며 용역을 풀어서 폭력을 휘두르게 했다고, 그 난리가 지나간 뒤엔 이미 해고된 노동자들을 상대로 구속과 소송, 압류 같은 법적 절차를 밟아갔다고…….

"회사가 헬기를 불러놓고는 헬기 고장이니 공장 시설 파손이니 배상하라며 한때의 동료들에게, 실직까지 한 그 사람들한테 거액의 소송을 걸었다는 거, 그게 정상적인 국가에서 가능한 일이야? 어떻게 그럴 수 있는 거야, 대체?"

16년이 지난 지금도 여전히 이해되지 않는다는 듯 동준의 목소리가 거칠어졌다.

하지만 진정 정상적이지 않은 일들은 그 이후부터 시작됐다고, 잠시 뒤 등준은 덧붙였다. 해고된 노동자와 그들의 가족으로부터 죽음의 행렬이 시작된 것이다. 죽음의 소식을 접할 때마다 한 명씩 플러스되던 절망적인 카운트는 서른셋에 이를 때까지 멈추지 않았다. 그들을 기억하기 위해 마련된 시청 앞 분향소마저 국가는 지켜주지 않았다. 경찰은 분향소를 수시로 철거하려 했고 영정 사진과 제대를 훼손했다. 그곳을 찾아갈 때마다 동준은 공공장소에 들어선 혐오시설을 보듯 못마땅한 얼굴로 분향소 앞을 지나가던 사람들을 미워하지 않기 위해 온 마음으로 애써야 했다.

그토록 쓸모없는 애씀……

"너무 괴롭지 않아? 그런 걸 다 알고 산다는 게."

나는 동준의 옆얼굴을 물끄러미 바라보며 물었다.

"괴롭지."

"……."

"괴로워. 괴로워서, 그게 또 괴로워."

"……?"

"나 혼자 만족하려고 활동가랍시고 나섰던 건 아닌가. 아프거나 가난하거나, 아님 죽었거나 죽기로 작정한 사람들을 나 좋다고 이용한 건 아닌가, 그런 생각이 들 때, 제일, 제일 괴로워."

"……."

"난 이용당하고 싶어. 나 같은 놈한테라도 기댈 수밖에 없는 사람들에게, 그게 가능하기만 하다면."

"평범한 난 모르겠어. 이용당하고 싶다는 그

마음까지는."

"수연아."

"……."

"나도 평범해. 돈 좋아하고, 인정욕구는 또 얼마나 강한데. 활동가는 다 헌신적이라는 것도 고정관념이야. 나 봐, 나도 약았잖아. 벌과금 얘기, 기억 안 나?"

"기억나지. 다 기억해."

"근데, 왜 웃어?"

"네가 약았다고 하면 다 나처럼 웃을걸? 넌 진짜…… 흑고니야. 아니면 아시아치타거나."

"그게 무슨 말이야?"

"그런 게 있어."

우리가 그런 대화를 나누는 동안 빗방울이 떨어지기 시작했다. 그토록 뜨거웠던 한낮의 구름에서 빚어졌다는 것이 믿기지 않을 만큼 빗방울은 차가웠다. 차가운 빗방울은 동준이 타야 하는 지하철 막차 시간이 그리 머지않았음을 일깨워 주었고, 우리는 놀이터에서 나와 내가 챙겨 간 우산 하나를 나눠 쓴 채 지하철역까지 뛰었다. 지하철역 앞에서 헤어진 뒤 한참을 걷다 돌아서자 동준이 그 자리에 그대로 서 있는 게 보였다.

멸종 위기의 희귀 동물, 그는 열아홉 살의 모습 그대로 그곳에 있었다. 여름밤은 모호했지만 이 여름 동안 내 삶이 조금은 바뀌게 되리라고 그 순간 나는 예감했던 것 같다. 아마도, 분명하게. 오래전 동준에게 닥쳤던, 변화의 조짐으로 가득했던 어느 여름의 나날처럼. 동준에게는 아닐 수도 있지만, 내게는 몇 년 만에 찾아온 특별한 예감의 순간이었다.

그날의 그 벤치에 앉아 동준에게 전화했다. 녹은 아이스크림이 발치에 연둣빛 얼룩을 남겼다.

반가워하는 동준에게 나는 북경과 리스본, 삿포로와 바릴로체, 뉴욕과 캄차카와 피닉스까지 종횡무진하고 돌아오는 길이라고 말했다.

"그 좋은 곳들을 너 혼자 다니냐? 다음엔 나도 좀 불러줘."

처음엔 내 말을 알아듣지 못한 동준이 이내 태연히 대꾸했다. 버스 정류장으로부터 럭키타운까지 가는 길에 마주치는 식당과 술집, 라멘 가게와 카페, 맨션과 모텔과 고시원에 대해 그는 김은희에게서 이미 들은 이야기가 있는 모양이었다.

"근데 어쩌지? 나 이제 더 좋은 곳으로 갈 건데."

"좋은 데, 어디?"

"또 놀러 와, 아무 때나. 그러면……"

"……"

"그러면 너도 데리고 갈게.'

휴대전화 너머에서 동준은 오래오래 웃는 듯했다. 통화를 마친 뒤 나는 벤치에서 일어나 워시토피아 쪽으로 걸었다.

워시토피아 앞에 다다르자, 통창 너머로 중년의 여자가 바닥을 내려다보며 비스듬히 서 있는 모습이 눈에 들어왔다. 그녀는 긴소매의 카디건을 입고 있었고 제법 두툼해 보이는 두건도 쓰고 있었는데, 그래서인지 내 눈엔 빨래방의 통창 유리가 추운 계절과 더운 계절을 가르는 투명한 막처럼 보였다. 휴대용 선풍기나 부채를 들고 다니는 행인과 배달 상자를 뒤에 얹은 채 달려가는 오토바이, 그리고 주택가에서 흘러나오는 불빛이 통창을 투과해 그녀의 옆얼굴에서 일렁였다. 그러니까, 추운 계절 위에서 일렁이는 열대야의 풍경 한 조각…….

내가 빨래방 쪽으로 한 걸음 내디뎠을 때, 추운 계절로부터 그녀가 천천히 고개를 들어 나를 바라봤다. 굳이 가계부 안의 사진을 떠올리지 않아도 되었다. 눈이 마주친 순간, 어쩌면 통창 밖에서 건너다보고 있을 때부터, 나는 그녀가 누구인지 알고 있었으니까.

그리고, 무무 씨

그때 나는 발아래서 부서지는 파도를 내려다보고 있었다.

파도는 형광등 아래서 파랗게 빛났고 파도 속 하얀 거품은 파도와 함께 규칙적으로 밀려왔다 밀려가며 소멸과 탄생을 반복했다. 파도는 내 발에는 닿지 않았다. 오히려 내가 다가가면 정교하게, 절묘하도록 정교하게 나를 피해

갔다. 내게는 바다의 심연을 허락하지 않겠다는 듯이, 입을 꽉 다문 거대한 생명체인 양, 절단면의 모양이 시시각각 변하는 오려낸 종이의 형태로.

어느 순간 천천히 옆으로 시선을 돌리자 파도 쪽을 향해 나와 나란히 서 있는 무무 씨가 보였다. 나는 내 마음으로 빚어낸 무무 씨를 있는 힘껏 바라봤다. 눈 한 번 깜빡이지 않고, 목의 힘줄이 돋도록. 내 감각의 오차가 수리되기 전에 최대한 그를 눈에 담아야 한다는 생각뿐이었다.

추워요?

무무 씨가 물었다.

나는 고개를 저었다가 다시 끄덕였다. 무무 씨가 그런 나를 흘끗 보더니 내 차가운 손을 가만히 잡아주었다.

……왜 또 아프고 그래요?

부드럽게 타박하는 그 목소리에 가슴속 가

상의 부둣가에 묶여 있던 밧줄 같은 것이 툭, 끊어졌다. 내 삶에 두 번째 암이 있을 줄 몰랐다고, 아무래도 운명이 날 가지고 놀며 즐거워하는 것 같다고, 그런 말은 안으로 삼켰다.

무무 씨의 슬픈 얼굴까지는 상상하고 싶지 않았으니까.

다만 나는 바랐다. 오늘 밤 우리가 갈 수 있는 가장 먼 곳까지 함께 걸어가고 싶다고, 발바닥과 무릎이 아파올 때까지 그렇게 하고 싶을 뿐이라고. 그러나 우리의 해변은 성인 두세 사람이 양쪽 팔을 뻗으면 끝과 끝에 닿을 수 있을 만큼 작았고 파도는 여전히 나와의 접촉을 허락하지 않았다. 수평선조차 없는 해변, 그렇게 생각하자 발치의 파도는 순식간에 옅어졌고 파도 소리는 기계음으로 치환되어 갔다. 무무 씨가, 아니 무무 씨가 곁에 있다는 착각이 소멸하기 전에 고마웠다는 말을 해야 한다고 생각했지만 좀처럼 입이 떨어지지 않았다.

자주 생각했다.

무무 씨의 임종을 지켜봤다면, 그와 작별 인사를 나눌 기회가 있었다면, 꺼져가는 그 눈빛을 마주 보며 내가 무슨 말을 했을지에 대해…….

고마웠다고, 나는 그 말을 했어야 한다고 생각하곤 했다.

그가 떠난 직후엔 미안하다는 말을 되뇌었지만 미안함은 결국 나를 위한 감정이란 것을 인정하지 않을 수 없었다. 미안하면 미안할수록 무무 씨를 부끄러워했던 내 어리석음은 희석되고 말 테니까.

살고 싶어요…….

그러지 않으려 했는데, 고작 내 안의 욕망 같은 걸 드러내며 이 시간을 허비하고 싶지 않았는데, 내 입에서 나온 말은 그뿐이었다.

살아요.

무무 씨가 대답했다.

살 수 있는 한, 살아줘요.

더……

더, 더, 말해달라고 나도 모르게 중얼거릴 뻔했지만, 염치없이 떼라도 쓰고 싶었지만, 그럴 수 없었다. 작동 중이던 건조기 한 대로부터 종료 멜로디가 들려왔을 때, 나는 텅 빈 빨래방에서 혼잣말을 하는 스스로의 모습에 눈을 뜬 것이다. 통창 쪽으로 고개를 돌리니 카디건을 여민 채 서 있는 나이 든 여자의 모랫빛 얼굴이 비쳤다. 그곳엔 무무 씨가 없었고, 당연히 파도와 해변도 없었다. 모든 것이 사라졌다. 소멸을 위해 잠시 탄생하는 파도의 거품이 그러하듯이.

김은희는 어디까지 갔을까.

불 꺼진 중개사무소와 폐업한 분식집 사이에서 김은희는 어디쯤에 다다른 것일까. 지금 그녀

가 서 있는 해변은 망상일까, 금능일까. 니스와 샌타모니카, 피피와 와이키키 중에 한 곳일 수도 있고 어쩌면 순긋일지도 모른다.

그때는 그런 것이 궁금했다고, 훗날, 그러니까 항암 치료와 수술이 끝나고도 한 계절이 흐른 어느 날 수연 씨는 오랜만에 럭키타운 402호를 다시 찾아와 내게 고백하게 되리라. 내가 통창 밖의 한 여자를 뒤늦게 발견하고는 무춤하게 서 있던 그동안에.

단박에 나를 알아본 수연 씨와 달리 그때껏 수연 씨의 얼굴도 몰랐던 나는 수상한 사람으로 보이고 싶지 않아 황급히 스툴에 가 앉았다. 빨래방 안으로 들어온 여자, 그러니까 수연 씨는 내 예상과 달리 작동을 멈춘 건조기 앞으로 다가가지 않고 문 쪽 스툴에 자리를 잡았다. 빈 스툴 하나를 사이에 두고 나란히 앉은 두 사람이 통창에 얼비쳤다. 그 두 사람은 해변의 카페테

리아에서 우연히 합석을 하게 된 손님들 같기도 했고, 저마다의 기차를 기다리는 대합실의 승객들처럼 보이기도 했다.

"여기, 좋죠?"

그렇게 먼저 말을 꺼내자 그녀가 기다렸다는 듯 내 쪽으로 몸을 돌리더니 저, 함수연이에요, 라고 말하며 꾸벅 인사를 했다. 그때 내 얼굴에는 언뜻 놀라움이 스몄을 테지만 그 순간은 짧았을 것이다. 수연 씨를 만나게 되리란 걸, 어쩌면 나는 한 번도 의심하지 않았는지도 모르겠다.

"차 한잔 드시겠어요?"

수연 씨가 다정하게 물었다. 작게 고개를 끄덕여 보이자 수연 씨는 곧 스툴에서 일어나 자판기 쪽으로 걸어갔다.

그때 수연 씨는 예감했노라 했다.

언젠가 김은희에게 그 삶의 작은 파동이 어떤

무늬로 조직될지 확인할 그날까지 일단 살아 있어야 한다는 말을 전하는 날이 온다면, 이제부터 시작될 오늘 밤의 대화를 가장 먼저 떠올리게 될 거라고. 나로 인해 세상이 바뀌지는 않겠지만 바뀌리란 그 믿음이 나를 살게 한다. 가계부 공책 앞장에 그 문장을 쓸 때부터 김은희가 품었을 단단하고 순한 마음이 이미 김은희의 말투, 몸짓, 표정에 조직되어 있었다는 걸 알려주고 싶다고도 뒤이어 생각하며.

남들에게는 없는, 그녀의 고유한 무늬…….

언젠가의 그날, 수연 씨에게서 그 생각들을 들은 나는 무무 씨에 대해 더 이야기해도 된다는 용기를 얻게 되리라.

돌아온 수연 씨는 이번엔 내 바로 옆자리에 앉았다. 수연 씨가 건넨 차를 받으며 고마워요, 고마웠어요, 라고 연거푸 말하자 그녀는 가만히 웃었다. 나는 차를 스툴 앞 선반에 두고 두 손으로 보듬었다. 차는 뜨거웠다.

추위를 잊을 만큼 충분히……

충분히, 뜨거웠다.

소설가
조해진의
수요일

2024. 12.

01 02 03 **04** 05 06 07 08 09 10
11 12 13 14 15 16 17 18 19 20
21 22 23 24 25 26 27 28 29 30
31

2024년 12월 4일

알람 없이 눈이 떠진 순간,

휴대전화로 시간을 확인하니 7시
50분이었다. 언제부터인가 잠에서
깨어 시간을 확인하면 7시와 8시 사이
어디쯤에 내가 소속된 나라의 표준시는
머물러 있다. 불과 삼사 년 전까지만
해도 아침잠이 많아 오전의 약속을
부담스러워하던 나는 한 시절 알고 지내던
타인처럼 낯설어져 가고 있는 셈이다.
아침잠이 줄어든 대신 새벽을 통틀어 깨어
있는 건 이제 불가능하다. 그건 삶에서
하강 곡선이 시작되는 지점을 통과하면서
겪은 변화 중 하나이다. 변화는 더 있다.
집중력도 에너지도, 심지어 병따개를
따는 악력마저 예전 같지 않다. 질병과
노화, 아픈 몸과 통증, 간병과 돌봄,
멀면서도 머지않은 죽음에 대한 예감
같은 것을 자주 생각하게도 되는데, 그런

2024. 12. 04.

생각은 대개 그렇듯 작품으로 귀결된다. 삶에서 두 번째 암 투병 중인 '김은희'와 죽음이라는 일방적인 방식으로 은희 곁을 떠난 '무무 씨'의 이야기는, 그러니까 자연스럽게 내 안에서 싹튼 셈이다. 오늘부터, 단편 「여름밤 해변에서, 우리」를 경장편으로 확장한 『여름밤 해변의 무무 씨』에 집중하려 한다.

2025. 01.

01 02 03 04 05 06 07 **08** 09 10
11 12 13 14 15 16 17 18 19 20
21 22 23 24 25 26 27 28 29 30
31

2025년 1월 8일

침대에서 내려가

전기 주전자의 전원을 켠 뒤,

2025. 01. 08.

씻고 청소기를 돌리고 물 한 잔에
비타민과 칼슘, 유산균을 삼킨다(영양제
먹는 걸 자주 잊어버리기는 하지만 잊지 않기 위해
적어도 노력은 한다). 그사이 물이 다 끓어서
전기 주전자의 전원은 자동으로 꺼져
있다. 핸드드립으로 내린 커피를 들고
고양이들의 밥그릇과 화장실이 있는
작은방으로 이동하는데, 집이 아주 작아서
'이동'이라는 표현은 거창하긴 하다.
은희의 집을 묘사할 때 내가 현재 사는
집이 여러 모델 중 하나가 되어주었다.
고양이들을 돌본 기간이 15년이
넘어가면서 사료와 간식을 챙기고
고양이용 플라스틱 화장실을 청소하는 건
눈 감고도 할 수 있을 만큼 몸에 익었다.
내가 자신들을 위해 '작은' 노동을 한다는
걸 아는 고양이들이 어느새 다가와 내

다리에 무디게 머리를 박기도 하고 꼬리를
살랑거리며 주변을 돌기도 하면서 애정을
표현하고 있다. 내가 좋아하는 시간이다.
내게는 두 마리의 고양이가 있다.
카페라테 색의 털옷을 입고 있는 '단심'과
머리부터 꼬리까지 흰색과 검은색,
주황색이 골고루 퍼져 있는 '복희',
그렇게. 단심이는 여섯 살로 접어들었고
복희는 세 살을 향해 가고 있다. 두
고양이의 이름은 내 소설 『단순한 진심』과
관련이 있다. 단심은 『단순한 진심』이
출간되던 해 겨울에 태어나 내게로 와서
단심이 되었고, 2년 전 늦봄에 친구의
친구에게서 데려온 복희―친구의 친구는
1층 테라스에서 태어난 복희와 복희의
형제들을 집고양이로 거두었다―는 같은
소설의 주요 인물 중 한 명에게서 이름을

2025. 01. 08.

가져왔다. 럭키하고 럭키하다는 의미의
그 이름—한자로 福禧라고 쓴다—이
나는 마음에 들었으니까. 실제로 복희는
복덩이가 맞다. 내가 복희를 데리러
갔을 때 친구의 친구는 항암 치료를
받던 중이었는데, 나는 그녀를 통해
자연스럽게 그 치료 과정에 대해 들을 수
있었고 은희의 투병을 묘사할 때 양해를
구하여 빌려오기도 했다. 더욱이 그녀와
나는 이제 묘연(猫緣)으로 맺어진 친구—
'친구의'라는 다리 없이—가 된 것이다.
2년 전까지는 '나무'라는 이름의 하얀색
고양이도 나의 가족이었다. 12년 넘게
나를 지켜준 나의 첫 고양이. 나무의
흰 털과 우아한 움직임, 그리고 겁
많은 성격은 '오모리'를 묘사할 때
자주 떠올렸다. 소설에 등장하는 또

다른 고양이인 '양평'에게는 단심이의
뚱함—단심이는 오모리처럼 동생 복희를
보살피는 사려 깊은 고양이이기도
하지만—과 복희의 단순함, 나무의
나약함—소설 속 양평이가 그렇듯 나무도
한 계절에 한 번 정도 경기를 일으킬 만큼
병약했다—이 골고루 들어 있다.

2025. 04.

01 02 03 04 05 06 07 08 09 10
11 12 13 14 15 16 **17** 18 19 20
21 22 23 24 25 26 27 28 29 30

2025년 4월 17일

고양이들이 낮잠을 자는 오후에는,

보통 책을 읽는다.
내 정체성의 절반―아니, 그 이상―은
'읽는' 사람이다. 책상과 찬장뿐 아니라
식탁, 현관 앞, 침대 한쪽과 침대 옆 네
단짜리 서랍장 위, 그리고 거실 바닥과
방바닥 여기저기에 책이 놓여 있다.
한마디로, 집 안에서는 어디에 눈을
두어도 책이 보인다. 소설을 혼자 쓰고
혼자 완성해야 하는 장르가 맞지만,
다른 책의 도움이 없었다면 나는 그 어떤
소설도 구상조차 하지 못했을 것이다.

『여름밤 해변의 무무 씨』도 마찬가지다.
이 소설을 쓰는 동안 다시 들춰 본 책들이
있다.
아서 프랭크의 『아픈 몸을 살다』
(봄날의책)를 읽지 않았다면 '아픈 몸'에

대하여 사유를 확장하지 못했을 것이다. 메이가 엮은 『새벽 세 시의 몸들에게』(봄날의책)의 첫 문장은 '아프고 나이 들어가는 몸은 우리를 다른 장소로 데려간다'이고, 나는 은희의 언어로 이 문장을 다시 썼다. 이 책의 필자들은 '옥희살롱' 소속인데, '모든 나이 듦이 존엄하고 다양한 나이대가 호혜적으로 연대하는 사회를 꿈꾸는 페미니스트 연구소'라는 가치를 내건 옥희살롱은 은희와 동준이 소속된 연구소의 모델이 되기도 했다. 암 환자 미야노 마키코와 그녀의 동료 학자인 이소노 마호가 주고받은 편지를 담은 『우연의 질병, 필연의 죽음』(다다서재)은 김연수의 단편소설 「너무나 많은 여름이」(『너무나 많은 여름이』, 레제)를 통해 알게 된 책이다.

깍듯한 존대와 예우의 표현으로 가득한 편지가 오가던 어느 날, '즉지 마'라고 마호는 편지에 썼고 나는 그 한마디를 읽은 것만으로도 이 책이 내게 절실하게 필요했다는 것을 알게 됐다. 공지영의 『의자놀이』(휴머니스트)는 동준의 서사를 확장할 때 필요했던 책이다. 이 책에서 다룬 '쌍용차 파업 이후 이어진 죽음의 행렬'이 계속해서 환기되기를 나는 바란다.

2025. 04.

01 02 03 04 05 06 07 08 09 10
11 12 13 14 15 16 17 **18** 19 20
21 22 23 24 25 26 27 28 29 30

2025년 4월 18일

독서는 좀처럼 끝나지 않고,

한 권의 책은 읽어야 하는 또 다른
책을 불러온다. 당연히 새로 읽게 되는
책들이다.
보리, 현빈, 현창—이 이름들은
모두 활동명이다—등이 엮은
『활동가들』(빨간소금)을 읽으면서는 이
시대 젊은 활동가들의 고민과 사명을
엿볼 수 있었다. '나로 인해 세상이
바뀌지는 않겠지만 바뀌리란 그 믿음이
나를 살게 한다'라는 소설 속 문장은
이 책에 큰 빚을 졌다. 이 책은 은유
작가가 소개해 주었다. 은유는 활동가
못지않게 각종 집회 현장에 나가 사회적
관심이 필요한 사람들에게 귀를 기울이고
책에 담기도 하는 르포 작가인데,
그녀를 친구로 둔 덕분에 나도 그런
현장을 제법 찾아다닐 수 있었다.

2025. 04. 18.

김성희와 김수박, 두 만화가가 자료 조사 후 그림으로 풀어낸 『문밖의 사람들』(보리)을 통해서는 휴대전화 부품을 가공하는 노동자들이 유해 물질인 메탄올에 중독되어 실명 등의 산업재해를 당했다는 걸 알게 됐다. 불과 10여 년 전인 2015년부터 2016년에 걸쳐 일어난 일이다. 메탄올 중독의 실제 피해자이자 『문밖의 사람들』의 주요 인물인 '이진희' 님은 그리고 어제, 세상을 떠났다고 한다. 노트북 화면에 그 기사를 띄워놓고 한참을 멍하게 앉아 있었다. 동준이 노무사와 함께 병실에서 마주하는 인물을 통해 진희 님의 삶을 한 조각 담아내려 했던 『여름밤 해변의 무무 씨』가 같은 일이 더 이상 반복되지 않는 데 조금이나마 도움이 될까. 사실 잘 모르겠다. 그러나 진희

님이 그것을 원하고 있을 거라고 믿고
싶다.
그 믿음은, 미안함의 다른 이름이다.

니시 가나코의 『거미를 찾다』(티라미수
더북)는 망원동의 독립서점 '씀'—작업
공간이기도 한 씀에서 카피 출입이
금지됐던 코로나 시국 동안 책을 읽거나
작업을 한 적이 있다—에 들렀다가 우연히
발견한 책이다. 소설가이기도 한 저자의
유방암 투병기에 은희의 상황을 투사해
읽었다. 우연의 힘으로 발견한 책이 마침
내게 필요한 자료가 될 때. 그럴 때면
우리 삶에는 좋은 방향으로 이끄는 어떤
에너지가 있다는 걸 믿게 된다. 비록
순진한 믿음일지라도. 마치 이 소설을
한창 쓰던 중에 북토크의 손님으로 온

2025. 04. 18.

르포 작가 희정 님을 만나 응원을 받은
것처럼. 희정 작가님은 수줍어하며 내게
말했다. 활동가의 이야기를 써주어
고마워요. 라고.

2025. 05.

01 02 03 04 05 06 07 08 09 10
11 12 13 14 15 16 17 18 19 20
21 22 23 24 25 26 27 28 29 **30**
31

2025년 5월 30일

노트북을 펼치고,

2025. 05. 30.

한 줄 한 줄 쓰는 것이 나의 일이다.
다섯 달 넘게 매달려 온 『여름밤 해변의
무무 씨』를 6월 마지막 날까지는 넘기기로
편집자와 약속했다. 이번 약속은
지켜야 할 것이다. 3월과 5월에 완고를
드리겠다는 두 번의 약속을 나는 이미
지키지 못했으니까.
내가 작품을 쓸 때 가장 선호하는 공간은
작업실인데, 그 작업실은 다른 곳이 아닌
바로 나의 집, 더 정확하게 표현하면 내가
사는 집 거실 창가에 놓인 책상이다.
책상을 중심으로 오른편엔 소파가, 왼편엔
식탁이 있다. 책상에서 쓰고 소파에서
읽고 식탁에서 무언가를 먹는 식이니
생활의 거리가 아주 짧은 셈이다.
한 줄도 쓰지 못하고 하루를 보내는
시기도 있지만 날마다 써야 하는 시기도

있다. 마감이 있을 때, 약속을 지켜야 할 때, 책이 출간되어 독자들에게 가닿는 시간이 임박했을 때. 바로 지금이 그러하듯이.

2025. 06.

01 02 03 04 05 06 07 08 09 10
11 12 13 14 15 16 17 18 19 20
21 22 23 24 25 26 27 28 29 30

2025년 6월 11일

노트북을 닫고,

밖으로 나가 걸었다. 이 소설을 쓰는 동안
종종 들르게 된 동네 무인 빨래방에 들러
한참을 스툴에 앉아 있었다. 빨랫감은
없었다.

2025. 06.

01 02 03 04 05 06 07 08 09 10
11 12 13 14 15 16 17 18 19 20
21 22 23 24 **25** 26 27 28 29 30

2025년 6월 25일

마지막 퇴고를 위해,

집을 잠시 떠나왔다. 이곳은 파주
헤이리예술마을 안에 위치한
게스트하우스 '모티프원'이다.
마지막 퇴고 작업만큼은 집 아닌 곳에서
하는 건 원고를 보내기 전에 다른 사람이
되어보기 위해서이다. 소설이 제대로
흘러갔는지, 납득하기 어려운 설정은
없는지, 보태거나 삭제해야 할 문장은
무엇인지, 그런 것을 소설을 쓴 사람이
아닌 읽게 될 독자의 눈으로, 그러니까
소설에 대해 아무 정보가 없는 누군가의
객관적인 시선으로 보기 위하여⋯⋯.
저녁에는 평소처럼 산책을 했다.
이어폰으로 음악을 들으며 걷는 것이
좋다. 이어폰은 언제나 줄이 있는 것을
이용한다. 충전이 필요하고—다른
표현으로 '나를 귀찮게 하고'인데

2025. 06. 25.

귀찮음은 내게 '무서움'으로 번역된다—
잃어버릴 확률이 높은 블루투스 이어폰은
구매할 생각조차 해본 적이 없다.
산책은 나를 살게 한다. 살고 싶게 한다.
왜냐하면, 계절과 시기마다 달라지는
풍경을 언제까지라도 눈에 담아 문장으로
표현하고 싶으니까.

2025. 06.

01 02 03 04 05 06 07 08 09 10
11 12 13 14 15 16 17 18 19 20
21 22 23 24 25 26 27 **28** 29 30

2025년 6월 28일

코르크 마개를 따는 건

여전히 어렵지만,

2025. 06. 28.

밤에는 와인을 마신다.
게스트하우스에서도 예외는 없다는 듯
나는 공용 거실에서 와인을 마시며 퇴고를
하다가 내 책 한 권을 발견했다.
방명록보다는 그 책에 흔적을 남기고
싶어 운영자—그녀는 연극배우이기도
하다—에게 허락을 구하니 무척 좋아해
주었다. 쓰는 사람이란 걸 내 쪽에서 먼저
밝히는 경우가 드문데, 그 순간 용기를 낸
건 어쩌면 와인 때문이었는지도 모르겠다.
와인을 선택하는 기준은 단순하다. 달지
않은 드라이 레드, 그뿐이다. 안주는
곁들이지 않는다. 와인에 안주라니,
내게는 경망스러운 짓이다. 산책이나
약속은 써야 할 원고가 쌓여 있고 마감이
임박하면 생략하기도 하지만 혼술은 글을
쓰면서도 가능해서 좋다.

독자분들은 알고 계실까.
내 소설의 절반은 내가 아니라 와인이
대신 써주었다는 것을…….

2025. 06.

01 02 03 04 05 06 07 08 09 10
11 12 13 14 15 16 17 18 19 20
21 22 23 24 25 26 27 28 29 **30**

2025년 6월 30일

편집자에게 메일을 보내는 날,

Mon　Tue　Wed　Thu　Fri　Sat　Sun

드디어 오늘, 6월의 마지막 날이다.
잠시 메일 창을 띄워놓고 니가 있는 곳을
생각한다.
스물여덟 살 겨울에 등단하여 21년째
소설을 쓰는 사람, 너무도 사랑했던
문학을 하기에 후회는 없지만 실제
삶에서는 가진 것이 거의 아무것도 없는
사람…….
아니다.
남은 것은 분명 있다.
열두 권의 단행본이 생겼고—김현
시인과 함께 쓴 영화 에세이 『당신의
자리는 비워둘게요』(창비)를 포함한다면
열세 권이 되는데 사실 그사이 한 권의
책은 절판되었으니 도로 열두 권이긴
하지만, 『여름밤 해변의 무무 씨』가 새로
플러스된다면 결국, 그러니까, 정확히 몇

2025. 06. 30.

권이란 말인가―, '당신의 소설이 나를
산책하게 했어요' '몰랐던 세상을 알게
되었습니다' '나도 누군가를 살릴 수 있는
사람이 되어 보려고 해요'라고 말해주시는
분들을 만나게도 된다.
하지만 여전히 부끄럽고 자신이 없다.
엉망진창의 어둠과 약은 속물성, 결국
스스로를 끝까지 밀어붙여야 성이 풀리는,
오직 나 자신에게만 허용되는 '나쁜 말'의
습관을 여전히 갖고 있는 내가 북토크나
강연, 혹은 무슨무슨 자리에서 사랑과
연대, 인간성을 말할 자격이 있는 걸까.
그 무해한 애정을 받아도 되는 걸까.
그러나……
그러나, 나는 그 시간이 다시 나를
구성한다는 것을 잘 알고 있고 부정할
생각도 없다.

아직은 쓰고 싶은 것이 있고,
쓸 수 있고,
쓰리라고 믿는 시간은,
그러니 읽어주고 애정을 주는 분들로 다시
가능해진다.

그것을 안다는 걸,
나는 언제까지고 알고 있을 것이다.

아픈 친구들이 많은 이야기를 들려주었다.
긴 터널 같던 항암 치료를 끝낸 복희의
첫 번째 집사 B, 난소암에 이어 유방암을
감당해야 했지만 지금은 치료 끝에 예쁜
딸을 키우며 열심히 살고 있는 J, 러닝을
좋아하고 편집이라는 일을 사랑했으며
자신의 글을 쓰고 싶어 했던, 그러나 너무
일찍 세상과 작별한 Y, 그들에게 애틋한

2025. 06. 30.

고마움을 보낸다.

마지막으로 2023년 가을에 발표한 단편소설 「여름밤 해변에서, 우리」를 읽고 출간까지 이어지게 한 곽수빈 편집자에게 고마움을 전한다. 어느 날 문득 전화를 걸어와 「여름밤 해변에서, 우리」의 세계를 확장해보지 않겠느냐고 제안해준 곽수빈 편집자가 없었다면 이 소설은 시작되지도 않았을 것이다. 소설을 완성해 가는 동안 김은희와 함수연뿐 아니라 동준과 최미숙, 영화로 치면 엑스트라라 할 수 있는 연구소 사람들과 김서아를 나는 더 좋아하게 됐는데, 그 역시 곽수빈 편집자가 있어서 가능했다.

그러니 마지막 말은 결국 이것이다.

Mon　Tue　Wed　Thu　Fri　Sat　Sun

이뿐이다.
"모두에게 감사합니다."

그사이,
메일은 떠나갔다.

덧.
소설이 완성되고 일기가 끝난 뒤에 도착한 김소연 시인의
추천사를 읽으며 행복했다. 숨결을 증여받은 듯. 은희와
수연, 무무 씨는 외롭지 않으리라. 우리가 사랑하는 시인이
건네준 문장과 함께 긴 여행을 떠나게 되었으니.

소설가의
책상

내가 주로 쓰는 곳, 거실 창가에 놓인 책상.
카페라테 단심과 삼색 복희는 늘 내 근처에 있다.

사진 : 조해진